Weihnachtsküsse in Alaska

Lizzy Glass

Über das Buch:

Manchmal muss man sich dem Weihnachtszauber hingeben, um die Vergangenheit hinter sich zu lassen.

Amber hasst die Weihnachtszeit und trägt lieber Grinch-Pullover, seit ihr Vater die Familie ohne ein Wort an den Festtagen verlassen hat. Doch als ihre beste Freundin in North Pole, Alaska, heiratet, muss Amber sich ihrem größten Feind stellen: Weihnachten.
Inmitten von Schneegestöber und Lichterketten trifft sie auf ihre erste große Liebe Ryan. Während der Hochzeit kommen sich die beiden näher, aber der Trauzeuge Ben hat ebenfalls ein Auge auf Amber geworfen.
Zwischen alten Erinnerungen und neuen Gefühlen muss Amber herausfinden, ob sie Weihnachten und der Liebe eine zweite Chance geben kann.

Über die Autorin:

Lizzy Glass wurde 1986 geboren und liebte Romane schon als Zwölfjährige. Heute genießt sie das Kleinstadtleben mit ihrem Mann und den Kindern.
Wenn sie nicht an ihren Liebesromanen mit Happy End schreibt, ist sie am liebsten am Meer, steckt ihre Nase in Bücher oder lebt ihre Film- und Seriensucht auf der Couch aus.

Weihnachts-küsse in Alaska

Lizzy Glass

Liebesroman

1. Auflage 2023

Lizzy Glass
c/o autorenglück.de
Franz-Mehring-Str. 15
01237 Dresden

E-Mail: kontakt@autorin-lizzy-glass.de
Website: autorin-lizzy-glass.de

Lektorat: Sabine Dammann, sabinedammann.de
Korrektorat: Sabine Albrecht, benisa-werbung.de
Cover: @n.d.vector / @31moonlight31 / @brgfx / @victoria_sergeeva / @brusher1 / @real_ket4up / @kjpargeter @efe_madrid by freepik.com @ngaga35 / @stekloduv / @Design_Lands @gorbachlena @cajoer @ almoond by depositphotos.com
Satz und Layout: Lizzy Glass | verwendetes Bildmaterial: rawpixel.com by freepik / oksanello by despositphotos

ISBN: 979-8-8647-3985-3
Printed by Amazon, Germany

Dieser Roman ist auch als E-Book erhältlich.

Kapitel 1

Amber

Henry macht einen Kniefall und nimmt eine schwarze Schachtel aus seiner Hosentasche, während *All I Want For Christmas Is You* von Mariah Carey aus den Lautsprechern rieselt. Ich ziehe leise die Luft ein, als Henry die Schmuckbox öffnet und ein funkelnder Verlobungsring zum Vorschein kommt.

Mit glänzenden Augen schaut er auf. All die Liebe, die ein Mann für eine Frau empfinden kann, liegt in seinem Blick. Mir wird ganz warm ums Herz. Nur die winzigen Schweißperlen auf seiner Stirn lassen erahnen, wie nervös er ist. Durch die Weihnachtsbaumbeleuchtung schimmern sie besonders auffällig.

»Möchtest du meine Frau werden?«, fragt er ohne Umschweife, aber dafür mit zitternder Stimme.

Yasmin schluchzt und fällt ihm mit einem lauten »Ja!« um den Hals.

Ich kann die Freudentränen nicht mehr zurückhalten, während ich meiner besten Freundin dabei zusehe, wie sie Henry leidenschaftlich küsst. Wenn Yasmin glücklich ist, bin ich es auch. Das war schon immer so. Dennoch versetzt mir ihr Liebesglück einen Stich ins Herz.

»Er hat seine Rede vergessen«, flüstert Ben mir ins Ohr und reicht mir ein Taschentuch.

Peinlich berührt trockne ich damit meine Wangen. »Du wusstest, dass er ihr einen Antrag macht?«

Er schenkt mir einen Was-denkst-du-denn-Blick. Natürlich wusste er es. Schließlich ist Ben Henrys bester Freund. Nur ich hatte absolut keine Ahnung. Und Yasmin genauso wenig. Obwohl es – wenn ich darüber nachdenke – nicht unerwartet kommt. Yasmin und Henry haben sich heute vor einem Jahr kennengelernt. Zu Weihnachten.

Mit einem Lächeln beobachte ich die beiden. Henry schiebt ihr unter Küssen und Liebesschwüren den Verlobungsring über den Finger. Mir entweicht ein sehnsüchtiger Seufzer.

Als Ben einen Arm um meine Schultern legt, zucke ich zusammen. Es ist neu, dass er mir nahekommt. Will er mich trösten, weil ich geweint habe? Oder liegt es daran, dass wir einiges getrunken haben und leicht beschwipst sind?

Nein, das stimmt nicht. *Ich* bin beschwipst. Ben hat nichts Alkoholisches angerührt, weil er heute den Fahrdienst übernimmt.

Ich hingegen würde die kommenden Tage nicht ohne überleben – die Weihnachtsstimmung verursacht bei mir Übelkeit. Nur Yasmin zuliebe bin ich hier, um unter Freunden die Festtage zu *feiern.*

Sie hat mich wochenlang vollgequatscht, bis ich es nicht mehr ertragen konnte und zugestimmt habe. Sonst sitze ich immer im Büro und schotte mich von der Außenwelt ab. So verbringe ich Weihnachten am liebsten und meine Kollegen freuen sich über die Zeit bei ihren Familien.

Unruhig rutsche ich auf dem Zweisitzer hin und her, während mir Bens Duft in die Nase steigt. Aber je mehr ich mich bewege, desto bewusster wird mir seine Berührung.

Eigentlich fühlt es sich gut an und nach all den Jahren sollte ich bereit sein, mich wieder vollkommen auf einen Mann einzulassen. Schließlich ist Ben ein netter Kerl. Er würde mir bestimmt nicht das Herz brechen.

Doch kann es mir jemand überhaupt brechen, nachdem Ryan es zerstört hat?

»Er hat seine Rede einen Monat lang geübt«, erklärt Ben mir und reißt mich damit aus meinen Grübeleien.

Ich wende ihm den Kopf zu. Unsere Gesichter trennen nur wenige Zentimeter, sodass sein warmer Atem über meine Haut streicht. Er riecht nach Kaffee und Schokolade. »Mit dir?«

Ben nickt und langsam entspanne ich mich. »Mittlerweile kann ich sie auswendig.«

»War sie gut?«

»Und ob. Wenn du möchtest, kann ich sie dir irgendwann vortragen?« Seine Augen betrachten mich schüchtern hinter der Brille.

Bevor ich etwas erwidern kann, fordert Yasmin meine volle Aufmerksamkeit ein. »Schau mal, Amber. Sieht der nicht traumhaft aus?« Sie streckt mir ihre Hand entgegen, die andere legt sie auf ihr Dekolleté.

Ich beuge mich vor, um den Ring zu bewundern. Dabei rutscht Bens Arm hinunter und ruht nun auf meinem Rücken. »Wunderschön. Herzlichen Glückwunsch, ihr beiden. Ich freue mich riesig für euch.«

Mit einem Strahlen im Gesicht kuschelt Yasmin sich an Henrys Brust. »Danke … Ich kann es nicht glauben. Wir sind verlobt. Yeah!«

»Ich habe auch eine Idee, wo wir heiraten könnten«, sagt Henry und gibt ihr einen Kuss auf den Kopf.

»Ach ja?«, haucht Yasmin und blickt verträumt zu ihm auf.

»In North Pole.«

Ich japse nach Luft. »*Am* Nordpol oder *in* North Pole, Alaska?«, frage ich, obwohl ich die Antwort bereits kenne. Natürlich wollen sie in der weihnachtlichen Kleinstadt in der Nähe von Fairbanks heiraten. Dort, wo sie sich kennengelernt haben.

Yasmin wirft mir einen mitleidigen Blick zu. Sie weiß, was sie mir damit antun würde. Alle wissen, dass ich Weihnachten hasse. Nur die wenigsten kennen den Grund. »Ich brauche dich, Amber. Als Trauzeugin. Und beste Freundin.«

Ich atme tief durch und bemühe mich um ein Lächeln. »Du kannst auf mich zählen.« Selbst in meinen Ohren klinge ich wenig überzeugend. Aber ich stehe zu meinem Wort, das weiß Yasmin.

»Danke!« Sie springt von der Couch auf und umarmt mich innig.

Nur am Rande bekomme ich mit, dass Ben seinen Arm zurückzieht. Nun fühlt sich die Stelle kalt an. »Ich würde dich nie im Stich lassen«, murmle ich.

Nachdem wir unsere Umarmung beendet haben und Yasmin sich wieder zu ihrem Verlobten gesetzt hat, verkündet Henry: »Und Ben wird mein Trauzeuge.«

Ben stupst mit der Schulter gegen meine. »Da werden wir im nächsten Jahr viel zusammen organisieren müssen, hm?«

»Sieht so aus.« Ich leere mein Glas mit *Eggnog* und lausche währenddessen Yasmins Vorstellungen, wie sie ihre Hochzeit feiern möchte. Bereits nach wenigen Minuten schwirrt mir der Kopf und ich blicke nicht mehr durch. Wahrscheinlich muss sie mir ihren Plan im nüchternen Zustand erklären. Denn – warum braucht sie einen Rentierschlitten, keine Rentiere, dafür aber Elfen?

»Ich möchte nur im kleinen Kreis feiern. Also, unsere Familien und Trauzeugen, damit unsere Energien besser fließen können. Und ganz wichtig: Es soll *keine* traditionelle Hochzeit werden«, schließt Yasmin ihren Monolog ab.

»Das klingt super. Nächsten Monat können wir uns einen genauen Plan machen. Es gibt bestimmt Checklisten oder so was.«

Sie reibt sich vergnügt die Hände, sodass die vielen Armbänder an ihren Handgelenken klappern. »Ich kann es kaum erwarten. Morgen treffen wir uns mit unseren Eltern. Sie werden begeistert sein.«

Ich gähne hinter vorgehaltener Hand. Unauffällig schiele ich auf die Uhr. Es ist kurz vor Mitternacht. Mir war nicht bewusst, wie schnell die Zeit vergangen ist. Es war ein gemütlicher Abend unter Freunden, auch wenn mich die Weihnachtsdekoration in Henrys Wohnzimmer fertigmacht.

Das komplette Fenster ist mit funkelnden Lichterketten behangen, in jeder Ecke steht etwas Blinkendes und auf dem Couchtisch thront ein Miniatur-Schlitten mit Rentieren und Santa Claus, der im Rhythmus der Musik mit den Hüften wackelt.

Es sieht wie damals aus, als Mom mit mir das komplette Haus herausgeputzt hat. Ich habe es geliebt, mit ihr den Weihnachtsbaum zu schmücken. Wir haben unsere Dekoration meist selbst gebastelt. Dad hat dafür aus Holzresten winzige Elfen geschnitzt.

Dad … Eine eisige Klaue legt sich um mein Herz. Schnell schüttle ich die Erinnerungen ab, bevor sie mich übermannen.

»Willst du nach Hause?«, fragt Ben. Offenbar hat er bemerkt, dass ich müde bin. Er ist wirklich aufmerksam.

»Wenn Yasmin auch los möchte?«, frage ich in die Runde.

Sie schüttelt den Kopf. »Ich übernachte heute bei Henry.« Mit einem vielsagenden Grinsen zwinkert sie mir zu.

Klar, die beiden wollen ihre Verlobung in Zweisamkeit feiern.

»Oh, okay.« Ich wende mich an Ben. »Dann können wir, wenn du magst?«

Er nickt und erhebt sich. Ich trage mit Yasmin die Gläser und Teller in die Küche und räume sie in den Geschirrspüler.

»Was ist denn heute mit Ben los?«, flüstere ich, damit uns dic Männer im Wohnzimmer nicht hören.

Yasmin zuckt entschuldigend mit den Schultern.

»Vielleicht habe ich ihn dazu angestiftet, sich an dich ranzumachen?«

»Du hast *was*?«

»Ich war vor zwei Wochen bei Mima zum Kartenlegen. Sie waren eindeutig. Ben und du – eure Auren passen perfekt zueinander. Außerdem würdet ihr so ein tolles Paar abgeben. Ich habe ihn nur etwas ermuntert.« Yasmin legt eine Hand auf meinen Arm. »Es wird Zeit, dass du dein Leben wieder lebst und dich verliebst.«

»Ich lebe mein Leben und komme gut ohne Mann zurecht. Außerdem halte ich nichts von Wahrsagerei.«

»Nur weil du dich auf der Arbeit immer gegen Kerle behaupten musst, ist es nie verkehrt, jemanden an deiner Seite zu haben, der dich liebt.«

Resigniert seufzend lege ich den Kopf in den Nacken. »Du weißt, wie meine letzten Beziehungen geendet haben.«

»Willst du dich dein restliches Leben vor der Liebe drücken, nur weil dich *ein Mann* verletzt hat?« Sie zieht ihre Hand zurück. »Ben ist sehr geduldig. Außerdem mag er dich. Versucht es wenigstens. Sei mutig, Amber.«

»Ich weiß nicht. Sollte ich nicht –« Ich verstumme, als Ben in der Tür erscheint. Er trägt seine Jacke und eine Mütze.

»Können wir?«

»Ja.« Ich lächle flüchtig und wasche mir die Hände, bevor ich mich im Hausflur anziehe.

Zum Abschied umarmen uns Henry und Yasmin nacheinander und wünschen uns eine gute Nacht. Mit meinem unausgepackten Weihnachtsgeschenk von Yasmin in der Hand treten Ben und ich vor die Haustür und werden von einem eisigen Wind mit tanzenden Schneeflocken empfangen.

Ich ziehe die Mütze tiefer und den Schal höher. Ben legt einen Arm um meine Schultern und drückt mich an sich. Tut er das, damit ich nicht friere?

Unschlüssig schaue ich zu ihm auf, während wir durch den knirschenden Schnee zu seinem Auto gehen. Seine Brille ist beschlagen. Vielleicht tut er es deswegen?

Er lächelt mich an, als sich unsere Blicke begegnen. »Was hast du eigentlich bekommen?« Ben deutet zu meinem Geschenk.

»Wie jedes Jahr: einen Grinch-Pullover.«

Lachend hebt er eine Augenbraue. »Du hast doch schon einen.«

Ben hat vorhin bereits mein Oberteil bewundert. Es ist grasgrün und das grimmige Gesicht vom Grinch aufgedruckt. Mittlerweile habe ich sechs verschiedene Ausführungen. Aber der schwarze mit dem Norwegermuster gefällt mir am besten, weil er besonders kuschelig ist.

»Sie weiß, dass ich sie gern zur Weihnachtszeit trage. Dann stellt keiner dumme Fragen, warum ich nicht in Weihnachtsstimmung bin.«

Wir erreichen sein Auto. Ben gibt mich frei und öffnet mir die Beifahrertür. Dankend rutsche ich auf den Sitz und warte, bis Ben den Schnee von den Scheiben gekehrt hat. Dabei beobachte ich ihn unauffällig.

Er ist nur wenige Zentimeter größer als ich und trägt eine Brille mit einem dicken schwarzen Rahmen. Seine rotblonden Haare werden von der Mütze verdeckt. Welche Augenfarbe hat er eigentlich? Ich habe noch nie darauf geachtet. Im Schein der Straßenbeleuchtung wirken sie jedenfalls dunkelbraun.

Wir verstehen uns gut, weil wir beide Interesse an Informationstechnik haben. Nur dass man mir nicht ansieht, dass ich ein Nerd bin.

Ben hingegen ist der typische Dauer-Gamer. Er verdient sein Geld mit Youtube-Videos, in denen er seinen Followern aktuelle Videospiele vorstellt und vorführt. Ich habe mir einige davon angesehen und war erstaunt, wie humorvoll er während der Aufnahmen ist.

Auffällig ist auch, dass er viele weibliche Fans hat, was bei seinem guten Aussehen allerdings nicht verwunderlich ist. Dennoch hatte er in den letzten Monaten keine Freundin.

Ben setzt sich und startet den Motor. »Warum bist du überhaupt ein Weihnachtsmuffel? Ich meine, die meisten Menschen lieben diese Zeit. Ich übrigens auch.«

»Lange Geschichte«, murmle ich und schaue aus dem Beifahrerfenster. In den wenigsten Häusern brennt Licht, dennoch funkelt überall Weihnachtsbeleuchtung. Weil meine Finger kalt sind, schiebe ich die Hände unter meine Oberschenkel.

»Vielleicht erzählst du sie mir irgendwann?«, fragt Ben und fährt los.

»Interessiert dich das wirklich?«

»Natürlich. Und … Also ich wollte …« Er atmet geräuschvoll aus. »Würdest du mit mir ausgehen, Amber?«

Überrascht löse ich den Blick vom Seitenfenster und wende mich Ben zu. »Du willst ein Date mit *mir*?«

»Ja. Warum nicht? Wir kennen uns fast ein Jahr und verstehen uns gut. Ich … ich mag dich und möchte dich besser kennenlernen.«

Grübelnd nage ich auf meiner Unterlippe. Zwar muss ich an Yasmins Worte denken, dennoch bin ich mir weiterhin unsicher. »Ich weiß nicht, ob das eine gute Idee ist.«

»Wieso? Wegen deines Ex'?«

»Du weißt davon?«

Uns kommen nur wenige Autos entgegen, dafür werden die Schneeflocken dicker.

Ben hält an einer roten Ampel und zuckt verlegen mit den Schultern. »Yasmin hat da mal was erwähnt. Sie meinte, dass du seitdem keine ernsthafte Beziehung hattest. Sonst nichts.«

Zum Glück hat sie nicht mehr ausgeplaudert. Nach der Trennung von Ryan war ich am Boden zerstört. Er war und bleibt meine erste große Liebe. Und obwohl es sieben Jahre her ist, habe ich weiterhin Gefühle für ihn und muss immer an ihn denken.

Wenn ich Dates mit anderen Männern hatte, ist daraus meist nicht mehr als eine kurze Beziehung geworden, weil ich Angst hatte, dass sie mich verletzen. Deswegen habe ich rechtzeitig Schluss gemacht, bevor es ernst wurde.

Yasmin redet ständig auf mich ein, dass ich Ryan endlich loslassen muss. Sie weiß, dass ich ihn in den sozialen Medien stalke. Ich verfolge seine NHL-Karriere und sehe mir all seine Spiele im Fernsehen an.

Und die Vorstellung, erneut solch eine Enttäuschung durchmachen zu müssen, nimmt mir die Luft zum Atmen. Deswegen ist es besser, nichts zu überstürzen.

»Ben, du bist wirklich nett und ich verbringe gern Zeit mit dir … aber vielleicht ist es vernünftiger, wenn wir damit warten. Stell dir mal vor, wie unangenehm es wäre, falls es mit uns nicht klappt und wir in einem Jahr als Trauzeugen gemeinsam vor dem Altar stehen müssen.«

Ben nickt bedächtig und fährt weiter. »Okay. Gutes Argument.« Er wirft mir einen flüchtigen Blick zu, nachdem er an einer Kreuzung abgebogen ist. »Wie wäre es damit: Direkt nach der Trauung starten wir mit unserem ersten Date.«

Ich überlege einen Moment. Mir fällt es schwer, zuzustimmen. Doch Yasmins Worte, dass ich mein Leben genießen und nach vorne blicken sollte, geben mir Hoffnung. Hoffnung, dass Ben derjenige ist, der mein Herz wieder zusammensetzt und damit behutsam umgeht. Schließlich hat sie etliche Male betont, was für ein lieber Kerl er ist. »Abgemacht.«

Er hält am Straßenrand vor dem Mehrfamilienhaus, in dem ich wohne, und wendet sich mir mit einem breiten Lächeln zu. »Ich freue mich sehr darauf.«

Ein Jahr später

Kapitel 2

Ryan

Wie ein Dinosaurier brüllend rennt Leo mit ausgebreiteten Armen durch den Laden auf mich zu. Heute ist er ein Pteranodon und dementsprechend schnell unterwegs. Bevor er gegen zwei Touristen prallt, weicht er mit einer geschickten Drehung aus und kommt mit geröteten Wangen vor mir zum Stehen.

»Hast du das gesehen, Dad?«, fragt er atemlos.

»Klar. Sah toll aus. Pass nur auf, dass du keine Kunden umrennst, ja?«

Er stellt sich auf die Zehenspitzen und linst über den Tresen, an dem ich mit einem Stapel Lieferscheine kämpfe. Nur leider finde ich die dazugehörigen Rechnungen nicht, die dringend bezahlt werden müssen. »Können wir zusammen spielen?«

»Tut mir leid, Kumpel. Ich muss das erst erledigen. Danach schließe ich den Laden und wir fahren nach Hause.«

Mit hängenden Schultern stampft er davon. Ich sehe ihm kurz hinterher, bevor ich im nächsten Schuhkarton nach den Rechnungen suche. Als ich mir das Geschäft gekauft habe, dachte ich nicht, dass der Verwaltungspart dermaßen Zeit in Anspruch nehmen würde.

Eigentlich habe ich es mir ganz entspannt vorgestellt: Ich ordere Waren beim Großhändler, die Kunden kaufen sie. Fertig. Wie falsch ich damit doch gelegen habe.

Mittlerweile bereue ich es, den Laden von Clifford übernommen zu haben, den er über fünfundzwanzig Jahre allein geführt hat.

Aber was soll ich sonst tun?

North Pole lebt quasi von Touristen und ich habe mir damit eine zuverlässige Einnahmequelle versprochen. Außerdem habe ich so die Möglichkeit, mich um Leo zu kümmern.

Zwei Frauen in meinem Alter treten an den Tresen und ich blicke auf. Die eine legt eine rote Skijacke ab, die andere Winterstiefel mit dickem Profil. Offenbar haben sie die Temperaturen unterschätzt. Das passiert vielen und sie kommen dann zu mir, um sich warme Kleidung zu kaufen.

»Hey. Geht das zusammen?«, frage ich und scanne den ersten Artikel ein.

»Ja«, flötet die Brünette und mustert mich aufmerksam. »Irgendwie kommst du mir bekannt vor.«

Ich lächle sie wissend an. Hin und wieder erkennt mich jemand und fragt mich nach einem Autogramm. Es fühlt sich gut an, nicht völlig in Vergessenheit geraten zu sein. »Bist du ein Eishockeyfan?«

Sie blinzelt mehrmals, bis sie die Augen aufreißt und den Mund zu einem O formt. »*Ryan Henderson?*«, quietscht sie zwei Oktaven höher.

»Jap.«

Ihre Freundin schaut verständnislos zwischen mir und ihr hin und her. Anscheinend hat sie noch nie von mir gehört.

»Er hat bei den *Vancouver Canucks* gespielt und musste Anfang des Jahres wegen einer Knieverletzung aussteigen«, erklärt sie ihr und wendet sich dann mit einem strahlenden Lächeln an mich. »Darf ich ein Autogramm bekommen? Ach – und ein Selfie?« Sie schenkt mir einen verführerischen Augenaufschlag.

Da kann ich nicht Nein sagen.

»Klar.« Ich ziehe einen Flyer meines Geschäfts unter der Theke hervor und unterschreibe ihn mit einem Edding. Ein bisschen Werbung schadet nicht, obwohl ich nicht befürchte, irgendwann pleitezugehen.

Mit einem breiten Lächeln presst die Brünette das Autogramm an ihre Brust und haucht ein »Danke«.

»Gern.« Ich umrunde den Tresen, damit ihre Freundin ein Foto von uns machen kann. Ich lege einen Arm um ihre Schultern und sie schiebt ihren auf meinen Rücken. Dann erhellt der Blitz des Handys für den Bruchteil einer Sekunde den Kassenbereich.

Leo kommt zurück und runzelt die Stirn, als er mich neben der Kundin entdeckt. »Daaaad? Was machst du da?«

Die Frau springt wie ein aufgeschrecktes Reh von mir und betrachtet fassungslos meinen Sohn.

»Nur ein Selfie. Sie ist ein Fan.« Ich stelle mich hinter den Tresen und scanne den anderen Artikel.

Leo folgt mir und umklammert mein Bein. Erst vor einem halben Jahr habe ich erfahren, dass es ihn gibt. Seitdem ich in North Pole lebe, hängt mein Sohn wie eine Klette an mir. Und wenn er nicht bei mir ist, vermisse ich ihn auf eine Art und Weise, wie ich es nie für möglich gehalten hätte.

Leo bedeutet mir alles und ich bin froh, dass Erin sich bei mir gemeldet hat, nachdem ich aus der Mannschaft geworfen wurde. Sonst wüsste ich nichts mit mir anzufangen. Bis dahin war Eishockey mein einziger Lebensinhalt. Vor allem seit ich mich von Amber getrennt hatte.

»Du hast ein Kind?«, fragt die Brünette mit piepsiger Stimme.

Tja, das stand noch nicht in der Presse. Ich nicke und kassiere ab. Mir fällt sofort auf, dass sie mich nun nicht mehr mit diesem Groupie-Lächeln anschmachtet. Aber das finde ich nicht schlimm. Interesse hätte ich an ihr sowieso nicht. Sie ist nicht Amber.

»Einen schönen Aufenthalt«, sage ich freundlich und reiche ihnen den Einkauf in einer Tüte.

Die beiden verabschieden sich und verlassen tuschelnd meinen Laden. Ich gebe Leo ein Ausmalheft mit Dinosauriern, damit ich die verschwundenen Rechnungen weitersuchen kann, allerdings werde ich nicht fündig. Dafür fällt mir ein unausgepackter Karton im Lager in die Hände. Die Waren hätte ich längst in den Verkauf bringen müssen. Zumindest ist dort eine Rechnung dabei. Nachdem ich die letzten Kunden bedient habe, ist endlich Feierabend und ich schließe ab.

Ich setze Leo ins Auto und fahre los. Nach fünfzehn Minuten und einer Folge *Dinosaur Cove* als Hörbuch halten wir. Leo springt sofort von seinem Kindersitz und eilt zum Haus, das durch die beleuchtete Weihnachtsdekoration funkelt. Im Vorgarten steht der Schneemann, den wir gestern gebaut haben.

Ich folge ihm und schiebe die Hände in die Hosentaschen. Der Schnee knirscht unter meinen Stiefeln. Es ist dunkel und die Temperaturen sind stark gesunken. Atemwolken umgeben uns.

Die Haustür schwingt auf und Erin erscheint auf der Veranda. Sie geht in die Hocke, drückt Leo an sich und haucht ihm einen Kuss auf die Stirn. »Wie war dein Tag, mein Bärchen?«

»Gut. Aber da war eine Frau. Die hat ein Foto von Daddy gemacht«, erklärt er aufgeregt.

Erin hebt vorwurfsvoll eine Augenbraue.

Ich bleibe vor ihnen stehen. »War nur ein Fan.«

Sie nickt, wobei ein Schatten über ihr Gesicht huscht. »Kommst du zum Abendessen mit rein? Es gibt gebackene Lachs-Nuggets.«

»O ja!«, ruft Leo, bevor ich eine Chance habe, zu antworten. Er löst sich von seiner Mom und zieht mich ins Haus. Ich tue ihm den Gefallen und lasse es zu. »Liest du mir nachher eine Gutenachtgeschichte vor?«

»Klar«, sage ich, während wir uns von der warmen Kleidung befreien und Erin die Haustür schließt. Der Geruch von frischem Fisch lässt meinen Magen hörbar knurren.

Nachdem wir uns die Hände gewaschen haben, decke ich gemeinsam mit Leo den Tisch in der Küche.

Weihnachtsmusik erklingt aus den Lautsprechern und Leo summt die Melodie der Kinderlieder mit. Erin nimmt die Nuggets und Kartoffel-Wedges aus dem Ofen und serviert das Abendessen zusammen mit Brokkoli.

Das sind diese Momente, in denen es sich anfühlt, als wären wir eine richtige Familie. Doch ich will niemandem etwas vormachen – das werden wir nie sein, auch wenn Leo und Erin sich etwas anderes wünschen.

Ich halte nichts davon, meinem Sohn eine glückliche Beziehung vorzuspielen. Wie das endet, habe ich hautnah bei meinen Eltern erlebt. Beide haben nicht geahnt, dass ich ihre Streitereien mitbekam. Aber das habe ich. Sie blieben nur wegen mir verheiratet.

An dem Tag, an dem ich zum Studieren nach Vancouver gezogen bin, haben sie die Scheidung eingereicht. Seitdem hatten sie keinen Kontakt mehr zueinander, obwohl sie weiterhin in Anchorage leben.

Mom hat mich gefragt, ob ich sie über Weihnachten besuche, aber ich möchte diese Zeit lieber mit meinem Sohn verbringen. Es ist unser erstes gemeinsames Fest.

Als Erin mir vor einem halben Jahr von unserem Kind erzählt hat, habe ich ihr zuerst nicht geglaubt. Ja, wir hatten einen One-Night-Stand in der Collegezeit, als wir für ein Spiel in Fairbanks waren. Dennoch war ich zunächst skeptisch und dachte, dass sie nur auf mein Geld aus war. Wahrscheinlich hätte sie sich dann aber früher bei mir gemeldet.

Meine letzten Zweifel waren verschwunden, als ich ein Foto von Leo gesehen habe. Die Ähnlichkeit zwischen uns ist offensichtlich. Weil meine Karriere sowieso durch die Verletzung beendet war, habe ich nicht lange überlegt und bin nach North Pole gezogen.

Innerhalb weniger Wochen habe ich zu Leo eine tiefe Bindung aufgebaut.

Nur eben nicht zu Erin. Sie ist schwierig, um es freundlich auszudrücken. Außerdem haben wir absolut keine Gemeinsamkeiten und ich habe das Gefühl, dass sie mir gegenüber nicht immer ehrlich ist.

Als ich sie darauf angesprochen habe, warum sie mir meinen Sohn so viele Jahre verschwiegen hat, sagte sie mir, dass sie mich nicht belasten und alles allein schaffen wollte. Aber Leo hat schließlich immer häufiger nach seinem Dad gefragt.

Kurz nach meinem Umzug hat mir Erin ihre Liebe gestanden. Ich habe ihr vorsichtig erklärt, dass ich nichts für sie empfinde. Dabei habe ich verheimlicht, dass ich vor Jahren mein Herz an eine andere Frau verloren habe. Obwohl so viel Zeit vergangen ist, muss ich immer wieder an Amber denken.

»Wie läuft das Training?«, fragt Erin und holt mich ins Hier und Jetzt.

Ich trinke einen Schluck Wasser, bevor ich ihr antworte. »Gut. Die Kids sind sehr lernfähig.«

Sie legt lächelnd eine Hand auf meinen Arm. »Weil sie den besten Trainer weit und breit haben.«

»Darf ich auch Eishockey spielen?«, mischt Leo sich ein, der den leeren Teller von sich schiebt.

»Wenn deine Mom nichts dagegen hat?«, erwidere ich und warte auf Erins Antwort.

»Von mir aus. Aber ich möchte dabei sein.«

Leo wirft jubelnd die Arme in die Luft. »Können wir morgen anfangen?«

»Da trainiere ich schon die Kinder aus meiner Mannschaft.«

Er verzieht den Mund. »Dann eben den Tag danach.«

»Ich berede das mit deiner Mom.«

»Na gut«, mault er und gähnt herzhaft.

»Schlafenszeit. Baden und Zähneputzen«, sagt Erin und stapelt die schmutzigen Teller aufeinander.

Ich begleite Leo ins Badezimmer und lasse das Wasser ein. Der Schaum knistert, als er sich in die Badewanne setzt und mit seinem U-Boot spielt. Ich helfe ihm beim Haarewaschen und plaudere mit ihm über die Eishockeyregeln. Nachdem er fertig ist, putzen wir gemeinsam seine Zähne und ich bringe ihn ins Kinderzimmer.

Aus der Küche höre ich das Klappern von Geschirr, während ich es mir im Bett neben Leo gemütlich mache. Er reicht mir ein Vorlesebuch über Dinosaurier. Momentan kann er nicht genug davon bekommen. Es dauert keine fünf Minuten, bis er eingeschlafen ist.

Wie immer warte ich eine Weile und betrachte meinen Sohn. Mir wird warm ums Herz und ich ärgere mich darüber, so viel in seinem Leben verpasst zu haben. Es macht mich wütend, dass Erin ihn mir fünf Jahre lang verschwiegen hat.

Leise verlasse ich das Kinderzimmer und schleiche ins Wohnzimmer. Erin sitzt mit einem Glas Rotwein auf der Couch, das Feuer im Kamin knistert, ein Weihnachtsfilm läuft im Fernsehen.

»Bleibst du noch?«, flüstert sie.

Ich schüttle den Kopf. »Leo schläft. Wir sehen uns morgen.«

Mit einem enttäuschten Gesichtsausdruck nickt sie. Ich hebe zum Abschied die Hand und verlasse ihr Haus. Weil ich am anderen Ende der Stadt wohne, brauche ich fünfzehn Minuten, bis ich den Wagen in meiner Einfahrt parke. Doch ich möchte noch nicht hineingehen.

Ich schlendere über die Straße und öffne die Tür des *Northern Lights*. Stimmengewirr, der Geruch von gebackenen Bohnen und Speck sowie Weihnachtsmusik empfangen mich. Ich setze mich an den Tresen und nicke Reed zu, der ein Glas poliert.

»Hey, Coach. Was darf's sein?«

»Hey. Ein Bier bitte.«

»Kommt sofort.« Er zapft mir eines und schiebt es mir mit einem Grinsen zu. »Wie läuft's?«

»Gut.« Ich nippe am Glas. »Und bei dir?«

Er winkt ab. »Zoe treibt mich in den Wahnsinn. Sie arbeitet gerade mal eine Woche hier und hat schon einen kompletten Satz Teller auf dem Gewissen.«

Unauffällig sehe ich mich nach Zoe um, kann sie allerdings nicht entdecken. Aber mit ihren eins sechzig ist es nicht schwer, zwischen den Gästen unterzutauchen. Wenn Reed zur Hauptsaison nicht auf mehrere Aushilfen angewiesen wäre, hätte er sie sicher gefeuert. »Ziehst du ihr die Teller vom Lohn ab?«

»Noch nicht. Jedes Mal, wenn was zu Bruch geht, sieht sie mich mit ihrem entschuldigenden Blick an. Als würde sie wissen, dass sie mich damit beschwichtigen kann.«

Ich grinse wissend. »Du stehst auf sie.«

Er schnaubt. »Nur weil sie weiß, wie sie mich um den Finger winkeln kann, bin ich nicht scharf auf sie. Außerdem bin ich ihr Boss.«

»Na, wenn du es sagst …«

Kopfschüttelnd wendet Reed sich ab und bedient ein Touristenpärchen. Während ich mein Bier trinke, massiere ich mein Knie. An einem Tag wie heute, an dem ich ständig auf den Beinen bin, werden die Schmerzen unerträglich. Der Doc meint, dass ich damit leben muss.

Dabei sind mir die Schmerzen egal, bei den Spielen habe ich Heftigeres eingesteckt. Viel schlimmer ist die Tatsache, dass ich dadurch meine NHL-Karriere mit den *Vancouver Canucks* aufgeben musste, meinen Traum aufgeben musste.

Als ich erfahren habe, dass ich nie wieder spielen kann, habe ich den Doc, der mich operiert hat, ausgelacht. Während der Reha habe ich hart gearbeitet, weil ich sicher war, es würde dadurch besser werden. Dass ein Wunder geschieht.

Aber es kam nicht. Im Gegenteil.

Ich war kurz davor, durchzudrehen, wollte meinen Kummer und Schmerz mit Alkohol auslöschen. Und dann meldete Erin sich und hat mir wieder eine Aufgabe gegeben, für die es sich lohnt, zu kämpfen.

Zuerst habe ich mich geweigert, die Kinder zu trainieren, weil es nicht das war, was ich wollte. Es war ungewohnt, aber mittlerweile macht es mir Spaß. Ohne Eishockey könnte ich nicht leben. Es war schon immer meine Leidenschaft.

Als ich mein leeres Glas abstelle, poltert es hinter mir. Ich werfe einen Blick zu Reed. Er verdreht die Augen und seufzt tief. O ja, er ist eindeutig verliebt. Sonst würde er es nicht so gelassen hinnehmen, dass seine Mitarbeiterin tollpatschig ist.

Kapitel 3

Amber

Mit meinem Koffer im Schlepptau eile ich durch das Großraumbüro zum Schreibtisch. Die Kollegen der Frühschicht nicken mir freundlich zu und ich erwidere ihren Gruß. Mit einem Seufzer lasse ich mich auf den Drehstuhl fallen und fahre den Computer hoch.

»Grinch? Was machst du hier?«, fragt Donovan mit einem vielsagenden Blick auf meinen Pullover.

»Arbeiten.«

»Hast du nicht Urlaub?«

»Ja. Aber mein Flug geht erst in drei Stunden. So lange möchte ich noch was erledigen.«

»Verpass ihn bloß nicht. Du wolltest zu einer Hochzeit, oder?«

»Ich weiß«, murmle ich und öffne das E-Mail-Programm, um meine Nachrichten zu prüfen. Obwohl nur wenige Mitarbeiter anwesend sind, klingeln andauernd die Telefone, es wird geredet und in die Tasten gehauen. Eine störende Geräuschkulisse, die mich ständig aus meiner Konzentration reißt.

»Du bist echt ein Workaholic.«

»Quatsch. Ich arbeite nur hart, damit ich endlich eines von diesen Einzelbüros bekomme, in dem ich meine Ruhe habe.« Ich deute mit dem Daumen hinter mich.

»Träum weiter. Das kralle ich mir.«

Ich werfe Donovan einen bösen Blick zu. Es ist nervig genug, dass ich mich jeden Tag in einem Männerberuf behaupten muss, aber seine blöden Sprüche sind die Krönung.

Abgesehen davon brauche ich die Beförderung zur Teamleiterin unbedingt, um genug Geld zum Umziehen zu haben. In eine bessere Wohngegend ohne laute Nachbarn und ohne Ungeziefer.

Damit mich die Geräuschkulisse nicht zur Weißglut treibt, setze ich die Kopfhörer auf. Ich checke die offenen Tickets der Kunden und leite sie an die zuständigen Mitarbeiter weiter. Eigentlich leiste ich sonst Hilfestellung bei technischen Problemen, doch dafür fehlt mir heute die Zeit. Dabei wippt mein Bein im Takt der Poplieder.

Jemand reißt mir die Kopfhörer von den Ohren. Ich schaue auf, um zu protestieren. Ben! Mein Mund klappt zu, bevor ein Wort über meine Lippen gekommen ist.

»Was machst du hier?«, frage ich atemlos.

»Wonach sieht es aus? Dafür sorgen, dass du pünktlich am Flughafen bist.«

Ich verdrehe die Augen. »Hat Yasmin dich dazu angestiftet, Babysitter für mich zu spielen?«

»Eigentlich war es Henry. Ich war bei dir, aber als du auf mein Klingeln und meine Anrufe nicht reagiert hast, war mir klar, dass du im Büro bist.«

»Ups.« Ich schenke ihm ein schiefes Lächeln und fahre den Computer herunter. Wenigstens war ich eine halbe Stunde produktiv. Aber wenn Ben mich nicht abgeholt hätte, wäre ich vielleicht wirklich zu spät gekommen. Sobald ich arbeite, vergesse ich einfach die Zeit.

Ben schnappt sich meinen Koffer und ich folge ihm zu seinem Auto.

»Hast du an alles gedacht? Kleid, Schuhe, Geschenk, Laptop mit der To-do-Liste, Buchungsbestätigungen, Flugticket? Und warme Kleidung?«, fragt Ben. Er wirkt gestresst und ich habe Mühe, mit ihm Schritt zu halten.

»Natürlich.« Ich nehme auf dem Beifahrersitz Platz, während er mein Gepäck auf der Rückbank verstaut.

Und schon düst Ben los. Er umklammert das Lenkrad, seine Lippen sind aufeinandergepresst. So nervös habe ich ihn zuletzt erlebt, als er mich vor einem Jahr um ein Date gebeten hat.

»Was ist los?«

»N-nichts.«

»Und warum stotterst du?«

Er braucht für seine Antwort lange. »Ich bin noch nie geflogen.«

Weil Weihnachtsmusik im Radio läuft, schalte ich es aus. Ich ertrage es nicht. »Hast du etwa Flugangst?«

Ben runzelt die Stirn. »Woher soll ich das wissen?

Ich finde die Vorstellung nur nicht so prickelnd, in einer Metallröhre durch die Wolken zu fliegen.«

»Wie oft bist du in den Videospielen geflogen?«

»Ständig. Und abgestürzt auch. Nur das hier ist echt. Es gibt keinen Neustart nach dem ›Game Over‹.«

»Du brauchst keine Angst zu haben. Die Wahrscheinlichkeit, dass ein Flugzeug abstürzt, ist viel geringer, als bei einem Verkehrsunfall ums Leben zu kommen. Außerdem bin ich die ganze Zeit bei dir und werde dich ablenken.«

Er nickt abgehackt. »Und wie?«

»Ein Zauberer verrät seine Tricks nicht.«

Meine Antwort bringt ihn zum Lächeln.

Den restlichen Weg zum Ted Stevens Anchorage International Airport schweigen wir. Unfassbar, dass wir für diese vier Tage in North Pole ein Jahr Planung gesteckt haben. Hoffentlich läuft alles reibungslos.

Ben war damit völlig überfordert, sodass ich die meiste Arbeit hatte, um Yasmin und Henry eine romantische Hochzeit zu ermöglichen. Ich glaube, Ben hat die Organisationstermine mit mir nur genutzt, um bei mir sein zu können. Egal, was ich vorgeschlagen hatte, er fand alles gut und hatte nie Verbesserungsvorschläge.

Wenn ich irgendwann – in dreihundert Jahren oder so – heiraten werde, soll es ein entspannter Tag werden. Mir gefällt dieser Trubel nicht, aber für meine beste Freundin lasse ich es über mich ergehen.

Nachdem Ben endlich einen Parkplatz gefunden hat, machen wir uns mit den Koffern auf den Weg zum Check-in. Am Eingang steht ein verkleideter Weihnachtsmann, der schallend lacht, »Ho, ho, ho!« ruft und damit sogar die kitschigen Weihnachtslieder aus den

Lautsprechern übertönt. Ich würde dem falschen Santa Claus am liebsten gegen das Schienbein treten, um ihn zum Schweigen zu bringen.

Überall blinken Lichter, Leute mit Rentierpullovern rennen zwischen dem ausgestopften Bären und Elch herum.

O Gott. Wie ich diese Zeit hasse. Die Menschen sind übertrieben fröhlich und tun so, als sei alles perfekt. Dabei kann Weihnachten komplette Leben zerstören. Aber daran will ich jetzt nicht denken.

Ich straffe die Schultern und marschiere zu Yasmin, Henry und deren Eltern, die am Schalter auf uns warten.

»Da seid ihr ja!« Yasmin ist die Erleichterung anzusehen. Dachte sie etwa, ich lasse sie im Stich?

Wir umarmen einander innig, die Jungs begrüßen sich mit einem Handschlag.

»Klar. Denkst du etwa, ich verpasse deine Hochzeit?«, scherze ich.

»Natürlich nicht. Aber stell dir mal vor, was alles schiefgehen kann.«

»Wir haben gründlich geplant. Was soll da nicht klappen?«

Sie lächelt. »Okay. Hast recht.« Allerdings klingt sie nicht überzeugt.

Den Eltern schütteln wir die Hand. Nur Gloria – Yasmins Mom – umarmt mich zur Begrüßung. Sie meint immer, ich wäre ihre zweite Tochter, die sie nie hatte. Und so behandelt sie mich meistens.

Kurz nachdem wir die Sicherheitskontrolle passiert haben, bei der Ben beinahe einen Herzinfarkt bekommen hat, als der Metalldetektor wegen seiner Uhr gepiepst hat, wird unser Flug aufgerufen. Als wir dann die Sitzplätze eingenommen haben, atme ich tief durch.

Yasmin und Henry sitzen in der Reihe vor uns und küssen sich innig, die Eltern haben ihre Plätze irgendwo hinter uns. Ben ist neben mir und knetet seine Hände. Er hat sich gut gehalten, aber ich vermute, dass er sich extra zusammenreißt, weil ich dabei bin.

»Alles okay?«, flüstere ich ihm zu.

»J-ja.« Er sieht mich flüchtig an. »Du hältst mich bestimmt für den größten Loser und überlegst dir das mit dem Date noch mal, oder?«

»Bei meinem ersten Flug hatte ich auch Angst. Das ist nichts, wofür du dich schämen musst«, weiche ich seiner Anspielung aus. Ich hatte ein ganzes Jahr Zeit, mich auf unsere erste Verabredung einzustellen, dennoch fühle ich mich unvorbereitet.

Wir heben ab und ein schwereloses Gefühl breitet sich in meinem Bauch aus. Um Ben abzulenken, hole ich meinen Laptop aus der Tasche.

Ich öffne die Checkliste mit den Hochzeitsvorbereitungen und gehe sie mit Ben durch. Nach und nach entspannt er sich. Aber vielleicht liegt das auch an dem Bier, das er von der Flugbegleiterin bekommen und hinuntergekippt hat.

Immer wieder schaue ich vor zu Yasmin, um mich zu vergewissern, dass es ihr gut geht. Sie meditiert. Irgendwie tut sie das ständig, seit ihre Grandma ihr vor vier Jahren das Kartenlesen beigebracht hat.

Vor drei Monaten hat meine beste Freundin Yoga für sich entdeckt. Hoffentlich kommt sie nicht auf die Idee, mich zu dem Kurs mitschleppen zu wollen.

Nach etwas über einer Stunde landen wir.

»Und – war nicht so schlimm, hm?«, frage ich Ben.

Ein warmes Lächeln breitet sich in seinem Gesicht aus. »Ja, dank dir.« Er drückt meine Hand, bevor wir uns erheben und das Flugzeug verlassen. Wie immer löst seine Berührung nichts in mir aus. Es fühlt sich an, als würde mir mein Bruder die Hand tätscheln. Ganz anders als bei Ryan. Da hat mein kompletter Körper gekribbelt.

Ob sich das je ändern wird?

Yasmin plappert wie ein Wasserfall auf uns ein. Sie ist von der weihnachtlichen Atmosphäre im Flughafen begeistert. Gemeinsam schlendern wir zum Gepäckband und warten auf unsere Koffer. Als jeder seinen hat, nur ich nicht, beschleunigt sich mein Herzschlag.

»Das darf nicht wahr sein«, murmle ich und schüttle den Kopf.

»Von wegen, es kann nichts schiefgehen«, piepst Yasmin und läuft vor dem Gepäckband auf und ab. Dabei stößt sie ein paar Flüche aus, die ich aus ihrem Mund bisher nie gehört habe.

Gloria wird blass. »Da ist dein Kleid drin, oder, Amber? Das, wofür ihr hundert Läden abgeklappert habt?«

Ich nicke. So viele waren es zwar nicht, aber es hat einige Wochen gedauert, bis wir eines gefunden haben, das mir gefällt und mit Yasmins Brautkleid harmoniert. »Ich erkundige mich am Schalter«, sage ich entschieden und eile los.

»Ich begleite dich.« Ben hat mich mit seinem Koffer im Schlepptau schnell eingeholt.

»Danke. Hoffentlich können sie uns helfen.«

Wir stellen uns an der Schlange an und warten geduldig. In meinem Kopf dagegen drehen sich die Gedanken und die Weihnachtsmusik tut ihr Übriges. Im Koffer war alles drin, was ich für die Hochzeit brauche.

Wieso muss ausgerechnet mir so etwas passieren?

Mein Blick bleibt an einem Poster der Airline hängen. Santa Claus lächelt mit strahlenden Augen. In den Händen hält er ein Schild mit dem Spruch »Stressfrei reisen«.

Pah! Von wegen. Sollte mein Koffer fehlen, bekommt Yasmin einen Nervenzusammenbruch. Oder wird zu einer Brautzilla. Ich weiß nicht, welches Szenario davon schlimmer ist.

Als wir endlich an der Reihe sind und ich der Frau mein Anliegen erklärt habe, verspricht sie mir, sich darum zu kümmern. Ich hinterlasse meine Telefonnummer und die Anschrift des B&Bs in North Pole, dann kehren wir zu den anderen zurück.

Mittlerweile ist Yasmins Kopf so rot wie eine Tomate und sie atmet hektisch. Henry fächelt ihr mit seiner Mütze Luft zu. »Und?«, fragt sie hoffnungsvoll.

»Offenbar wurde mein Koffer fehlgeleitet. Sie liefern ihn in ein bis drei Tagen nach.«

»O nein, o nein, o nein«, jammert sie und schlägt eine Hand auf ihren Mund. »Was machen wir jetzt?«

»Lasst uns erst mal ins B&B fahren und dann sehen wir weiter«, meldet sich Henrys Mom zu Wort.

»Guter Plan«, sagt Ben.

Ich gebe einen zustimmenden Laut von mir und dann holen wir die zwei Mietwagen ab. Die Stimmung ist jedenfalls im Eimer und Yasmin den Tränen nahe.

»Zum Glück ist es nicht dein Koffer«, versuche ich, sie aufzumuntern. »Dein Brautkleid könnten wir niemals ersetzen.«

»Das stimmt. Aber wie sollen wir für dich einen Ersatz auftreiben?«

»In North Pole gibt es Geschäfte. Wir finden dort garantiert eines.«

»Aber was, wenn es hässlich ist?«

Ich lege ihr einen Arm um die Schultern. »Für den schönsten Tag deines Lebens würde ich auch ein Kleid mit Rentiermuster anziehen.«

Sie hebt eine Augenbraue und ein Mundwinkel zuckt verräterisch. »Nein, würdest du nicht.«

Nachdem wir im Mietwagen sitzen, fährt Ben los. Yasmin und Henry haben auf der Rückbank Platz genommen. Er redet beruhigend auf sie ein und nach zwanzig Minuten halten wir am B&B.

Das *Bluebell* hat Yasmin ausgesucht. Sie war ganz entzückt von der bunten Weihnachtsdekoration auf den Bildern der Website. In Wirklichkeit ist es noch viel schlimmer.

Ein echter Rentierschlitten steht neben dem Eingang, davor ein Weihnachtsmann, der breit grinsend winkt. Überall hängen Lichterketten. Fehlt nur noch, dass Weihnachtselfen herumlaufen und Lieder singen.

Ob ich diese vier Tage in North Pole überlebe? Wahrscheinlich nicht.

Am Empfang händigt uns die Besitzerin Victoria, die ein etwa zweijähriges Mädchen auf der Hüfte trägt, vier Zimmerschlüssel aus. Im Kopf rechne ich nach. Da fehlt doch einer!

»Entschuldigung. Da muss ein Fehler vorliegen. Wir brauchen fünf Zimmer«, sage ich.

Victoria schüttelt den Kopf. »Es wurden vier Doppelzimmer gebucht.«

»Können wir aus einem doppelten zwei Einzelzimmer machen?«

»Tut mir leid. Wir sind ausgebucht. Und in und um North Pole werdet ihr sicher keine Alternative finden. Es ist Hochsaison.«

Yasmin wirft mir einen merkwürdigen Blick zu. Da fällt es mir wie Schuppen von den Augen. Sie hat die Buchung vorgenommen und absichtlich *ein* Zimmer für Ben und mich reserviert. Hätte ich ihr nicht erzählt, dass wir uns nach der Hochzeit verabreden, dann würde sie garantiert nicht Amor spielen.

Ich stoße geräuschvoll Luft aus. »Na gut. Bleibt uns wohl nichts anderes übrig.« Als ich an Yasmin vorbeigehe, flüstere ich ihr ein »Darüber reden wir noch« zu.

Sie hält mich am Arm fest. Ihr Gesichtsausdruck zeigt Reue. »Wir können uns auch das Zimmer teilen.«

»Schon gut. Ihr seid das Brautpaar und solltet die Zeit zusammen genießen. Außerdem kriegen Ben und ich das hin. Wir sind erwachsene Menschen.«

Yasmin nickt und lässt mich los.

Ich nehme die Treppe ins Obergeschoss, öffne das Zimmer und trete ein. Wie zu erwarten war, ist es genauso kitschig dekoriert wie das restliche Haus. Wie auch sonst versuche ich, die Dekoration auszublenden.

Ben stellt seinen Koffer neben den Kleiderschrank und beinahe gleichzeitig fällt unser Blick auf das Doppelbett. Er wirkt allerdings verlegener. »Ich kann auf der Couch schlafen.«

»Kommt nicht infrage. Die ist viel zu klein. Ich will nicht dafür verantwortlich sein, dass du Rückenschmerzen hast.«

»Okay. Und wie geht es jetzt weiter?«

Ich knabbere auf meiner Unterlippe. »Shoppen.« Ich ziehe mein Handy aus der Handtasche, ignoriere die entgangenen Anrufe von Ben heute Morgen und suche nach Geschäften in North Pole. Glücklicherweise werden mir einige angezeigt.

»Soll ich dich begleiten?«

»Es wäre besser, wenn du mit Henry zur Kirche und zum Restaurant fährst und nachfragst, ob dort alles klappt. Falls noch mehr schiefgeht, haben wir sonst eine panische Braut.«

Er verzieht das Gesicht, als hätte er Schmerzen. »Guter Punkt. Nimmst du Yasmin mit?«

»Natürlich. Ich kaufe doch kein Kleid für ihre Hochzeit, ohne ihre Zustimmung zu haben.«

Kapitel 4

Amber

Yasmin hüpft wie ein Wiesel durch die Boutique und stöbert zwischen den vielen Kleiderständern. Wahrscheinlich hatte sie vorhin einen Kaffee mit Schuss, sonst wäre sie jetzt nicht dermaßen von der Rolle. Aber immer noch besser als eine Yasmin, die den Tränen nahe ist.

Das Geschäft strahlt durch die weihnachtliche Beleuchtung eine festliche Stimmung aus. Ein Plüschrentier mit einer roten Nase wackelt zu *Jingle Bells* mit dem Kopf, während eine Santa-Claus-Figur mit einem breiten Lächeln winkt. Früher habe ich mit Mom zu diesem Lied Weihnachtsplätzchen gebacken, jetzt würde ich dem Rentier liebend gern den Stecker ziehen.

Eine Verkäuferin, die einen Ugly-Christmas-Sweater trägt, begrüßt uns freundlich. Wahrscheinlich ist ihr aufgefallen, dass ich mich unentschlossen im Geschäft umsehe, und hofft auf einen ordentlichen Umsatz. »Hey. Kann ich euch helfen?«

»Hey. Ich bin Trauzeugin und brauche ein Kleid. Am liebsten etwas, das nicht weihnachtlich ist.«

»Okay.« Die Verkäuferin sieht mich verständnislos an, holt jedoch gezielt einige Kleider hervor.

Dankend nimmt Yasmin die Auswahl entgegen und dirigiert mich zu den Umkleiden. Zuerst probiere ich das knielange Kleid in Burgunderrot an. Es ist elegant und zeitlos, die Ärmel kurz und mit zarten Spitzendetails verziert. Damit trifft es überhaupt nicht meinen Geschmack. Dennoch ziehe ich es an und präsentiere es Yasmin.

Sie wiegt den Kopf hin und her. »Es sieht wirklich toll aus und steht dir, aber für meine Hochzeit finde ich es nicht passend.«

»Gut, sehe ich auch so«, sage ich erleichtert, als ich mich im Spiegel betrachte.

Darauf folgt ein bodenlanges Satinkleid in Babyblau mit einem langen Schlitz am Bein. Es sitzt perfekt und schmiegt sich wie eine zweite Haut an meine Kurven.

Yasmin legt einen Finger auf ihre Lippen und denkt nach. »Die Farbe betont deine grauen Augen, aber das Oberteil drückt deine Brüste zu sehr ein. Damit könntest du niemals tanzen, ohne Gefahr zu laufen, dass etwas Peinliches passiert.«

Nach einem Blick auf mein Dekolleté nicke ich und ziehe das nächste Kleid an. Es ist rosé und ein einziger

Berg aus Tüll. Der Stoff kratzt und ich zupfe genervt daran, als ich es Yasmin zeige. Davon abgesehen fühle ich mich wie eine Presswurst und traue mich nicht zu atmen.

»O mein Gott. Du siehst wie eine Prinzessin aus«, haucht sie und kräuselt die Lippen.

Ich reiße panisch die Augen auf. In diesem Teil halte ich es keine fünf Minuten aus und erst recht nicht einen ganzen Tag. »Findest du?«, piepse ich und sehe hoffnungsvoll zur Kleiderauswahl. Eines in Mintgrün fehlt noch und das sieht *viel* bequemer aus.

»Das ist es.« Yasmin klatscht vor Begeisterung in die Hände.

Mit einem Schlag vermisse ich das fliederfarbene Kleid, das in meinem Koffer irgendwo herumfliegt. Ich kann nur hoffen, dass es rechtzeitig vor der Hochzeit eintrifft.

»Toll«, sage ich und achte darauf, dass meine Stimme Yasmins Freude widerspiegelt. Schließlich will ich sie nicht enttäuschen.

»Wir brauchen passende Schuhe. Warte hier, ich suche welche.«

Tief seufzend lasse ich mich auf dem Hocker nieder und betrachte mich im Spiegel. Was tut man nicht alles für seine beste Freundin? Nach den Flitterwochen werde ich ihr davon erzählen und sie wird sich darüber köstlich amüsieren, mich dermaßen gequält zu haben. Und vielleicht habe ich die Möglichkeit, mich irgendwann zu revanchieren. Aber nur vielleicht.

Yasmin kommt mit drei verschiedenen Pumps in Silber, Weiß und Beige zurück. Da ich mich in dem Kleid kaum bewegen kann, dauert es eine Weile und etliche

Verrenkungen, bis ich in das erste Paar geschlüpft bin. Sie sind vorne spitz und drücken meine Zehen zusammen. Wenn das keine Blasen gibt.

Vorsichtig richte ich mich auf und laufe in der Umkleide auf und ab. Ich bin es nicht gewohnt, Schuhe mit Absätzen zu tragen, und bin dementsprechend wackelig auf den Beinen. Und wenn ich mir die beiden anderen Pumps ansehe, sind diese hier die bessere Wahl.

»Nehmen wir die.«

»Willst du die anderen nicht erst probieren?«

Mein Blick schweift sehnsüchtig zu dem bequem aussehenden Kleid, das ich liebend gern anziehen würde. Dennoch setze ich ein strahlendes Lächeln auf. »Die sind super. Zwar kein Vergleich zu den Ballerinas, die ich eigentlich tragen wollte, aber eine gute Alternative. Was brauchen wir noch?«

Sie denkt kurz nach. »Unterwäsche. Ich suche dir was Heißes raus. Ben wird Augen machen.« Yasmin grinst breit und verschwindet aus der Umkleide.

Als wenn Ben mich in den nächsten Tagen in Unterwäsche zu Gesicht bekommen wird. Nur weil ich ihm ein Date versprochen habe, landen wir nicht gleich zusammen im Bett. Wobei – wir teilen uns ein Zimmer und …

Schnell schüttle ich den Gedanken aus meinem Kopf und befreie mich von den Pumps und dem Kleid. Sofort habe ich das Gefühl, besser atmen zu können. Ich war noch nie eine Frau, die sich gern schick macht. Für mich reichen Jeans und Pullover. Ich schlüpfe in meine Klamotten und fühle mich gleich wohler.

Yasmin eilt zurück, ihre Wangen leuchten rot und auf ihrer Stirn hat sich ein Schweißfilm gebildet. So sieht meine Freundin im Shoppingrausch aus. Wahrscheinlich schleppt sie mich danach noch in unzählige andere Geschäfte.

Sie präsentiert mir Spitzenunterwäsche in Rosé, Weiß und Beige. Weil ich absolut keine Lust habe, alle drei Stücke anzuprobieren, sage ich: »Okay. Die nehmen wir.« Yasmin kennt meine Größe und im B&B kann ich mich in Ruhe umziehen.

Zehn Minuten später verlassen wir die Boutique mit einem riesigen Beutel, in dem das Kleid, die Schuhe und die Unterwäsche sind.

Meine arme Kreditkarte. Um die unerwarteten Kosten zu stemmen, brauche ich erst recht die Beförderung zur Teamleiterin.

Wir schlendern durch die winterliche Kleinstadt und sind von fröhlichen Menschen und weihnachtlicher Musik umgeben. Die Straßenlaternen sehen wie Zuckerstangen aus und sind mit Lichterketten geschmückt. Und natürlich schwirren singende Weihnachtselfen herum. War ja klar.

Die kalte Luft prickelt auf meinen warmen Wangen, während ich die bunten Häuser mit den schneebedeckten Dächern betrachte, die sich gut auf einer Postkarte machen würden. Im Hintergrund erkenne ich Berge, die von Tannen umgeben sind.

Yasmin bleibt vor einem Stand stehen, an dem köstlich duftender Glühwein angeboten wird. »Komm, Amber. Wir sollten uns etwas von innen wärmen«, schlägt sie vor und bestellt zwei Tassen.

Ich nehme vorsichtig einen Schluck und spüre, wie das heiße Getränk in meiner Speiseröhre herunterrinnt. Der Geschmack von Zimt, Nelken und Orangen sowie

Honig breitet sich in meinem Mund aus. »Der ist wirklich gut.«

Yasmin nickt und stöhnt genüsslich, als sie an ihrer Tasse nippt. »Unfassbar, dass wir das Problem so schnell gelöst haben. Als vorhin dein Koffer nicht dabei war, bin ich beinahe ausgeflippt … Was brauchst du noch?«

»Zwei, drei Pullover. Ich kann nicht vier Tage mit demselben Grinch rumlaufen.«

»Stimmt.« Sie schaut sich suchend um. »Da vorn ist ein Laden für Outdoorkleidung. Dort finden wir sicher etwas für dich. Vielleicht so ein schnuckeliger Hoodie mit einem Rentier, bei dem die Nase rot leuchtet?«

Ich verdrehe die Augen. »Vergiss es.«

Nachdem wir unseren Glühwein ausgetrunken haben, fühle ich die Wärme in meinen Gliedern und die angenehme Schwere im Kopf. Wir schlendern weiter und betreten das nächste Geschäft.

Es ist genauso aufwendig dekoriert wie die anderen. In der Mitte thront ein buschiger Weihnachtsbaum, der mit Holzschnitzereien und funkelnden Weihnachtskugeln geschmückt ist. An dessen Fuß liegen glitzernde Geschenke.

»Sieht das nicht zauberhaft aus, Muffelchen?«, flüstert mir Yasmin zu.

»Wenn du meinst«, murre ich, drücke ihr meine Einkaufstüte in die Hand und laufe zwischen zwei Regalen mit Schneekugeln, kitschigen Elfenfiguren und wackelnden Weihnachtsmännern zum Bekleidungsbereich.

Zuerst suche ich nach Pullovern im Sale – schließlich muss ich die Kosten im Blick behalten. Zum Glück finde ich zwei, die weder zu bunt noch weihnachtlich sind. Mit meiner Ausbeute mache ich mich auf den Weg zur

Kasse. Doch dann trifft mein Blick auf zwei dunkelgrüne Augen, die meinen Herzschlag in die Höhe treiben.

Ich bleibe wie angewurzelt stehen und blinzle mehrmals, in der Hoffnung, ich würde es mir nur einbilden. Aber kein Zweifel: Dort steht Ryan hinter dem Tresen.

Er hat mich ebenfalls bemerkt, sein Mund ist leicht geöffnet, doch er rührt sich nicht. Mir laufen heiße und kalte Schauer gleichzeitig über den Rücken, so intensiv ist sein Blick.

Schon damals hatte er diese Wirkung auf mich. Ich kann mich noch gut an den Tag erinnern, als wir uns das erste Mal begegneten. Joshua hatte sich mit Ryan beim Eishockey angefreundet und als mein Bruder ihn zu uns nach Hause einlud, habe ich mich auf der Stelle in ihn verliebt.

Es war fast magisch, denn ihm ging es genauso. Das Problem war nur, dass ich mit sechzehn Jahren ein Mädchen und er ein einundzwanzigjähriger Mann war. Trotzdem kämpften wir um unsere Liebe, bis Mom einsah, dass ihr Widerstand nichts bringt.

Die Zeit mit Ryan war die glücklichste in meinem Leben, auch wenn sie nur ein halbes Jahr dauerte, weil er ein Sportstipendium in Vancouver bekam, wegzog und sich von mir trennte. Dass er nicht an uns glaubte und der Meinung war, unsere Liebe könnte diese Zeit nicht überstehen, hat mich zerbrochen.

Danach war ich nicht mehr derselbe Mensch wie vor Ryan. Aber er scheint gut über mich hinweggekommen zu sein. Auf den Pressefotos waren er und seine Teammitglieder der *Vancouver Canucks* nach den Eishockeyspielen immer von hübschen Frauen umgeben.

Nun steht er vor mir.

Ich weiß nicht, wie lange. Sekunden? Minuten? Tage? Keine Ahnung, ich habe sämtliches Zeitgefühl verloren. Da ist nur dieser Schmerz in meiner Brust, der mit jedem Herzschlag unerträglicher wird und mir die Tränen in die Augen treibt.

Als Ryan sich aus seiner Regungslosigkeit befreit und den Tresen umrundet, presse ich die beiden Pullover an meine Brust und mache ein paar Schritte rückwärts, bis ich ein Regal im Rücken spüre. Die Gegenstände darin klirren.

Doch das scheint Ryan nicht aufzuhalten, er kommt direkt auf mich zu. Mittlerweile hat er den Mund geschlossen und ein sanftes Lächeln erscheint in seinem Gesicht.

Nun, da sein halber Körper nicht mehr hinter dem Tresen verdeckt ist, betrachte ich ihn. Ryans Schultern sind nicht mehr so breit wie damals und wenn ich mich nicht täusche, zeichnet sich ein Bäuchlein unter seinem Hoodie ab. Und dann ist da noch dieses leichte Humpeln. Jemand, der ihn nicht kennt, würde es sicher nicht merken, aber ich tue es.

Als ich von seinem Unfall erfahren habe, war ich kurz davor, mich bei ihm zu melden, weil ich wusste, wie sehr ihn sein Karriereaus getroffen haben musste. Seitdem ist er in den sozialen Medien von der Bildfläche verschwunden. Dennoch habe ich mir all die alten Posts auf Instagram von ihm immer wieder angesehen.

Wie oft habe ich mir gewünscht, dass wir uns irgendwann begegnen. Dass er mir beichtet, einen Fehler begangen zu haben und mich um eine zweite Chance bittet. In dieser Vorstellung bin ich ihm vor Glück weinend um den Hals gefallen, doch jetzt schnürt sich bei dem Gedanken daran meine Kehle zu.

Ich wende mich schnell ab, eile den Gang entlang zu Yasmin und zerre sie zum Ausgang. Sie ist so überrascht, dass sie nicht einmal protestiert. Als wären wir auf der Flucht, renne ich mit ihr zum Diner gegenüber und stoße, ohne zurückzublicken, die Tür auf.

»Was war das?«, japst Yasmin und pustet sich eine Haarsträhne aus der Stirn.

»Erkläre ich dir gleich.«

Mit einem Schlag wird mir bewusst, dass ich die beiden Pullover in meinen Händen halte. Verdammt, ich habe sie nicht bezahlt! Hätte ich sie doch einfach fallen gelassen. Ich schaue zum Laden. Sollte ich sie zurückbringen?

Niemals. Noch einmal Ryan gegenüberzutreten, überstehe ich nicht.

Ich stopfe mit einem mulmigen Gefühl die gestohlenen Pullover in den Einkaufsbeutel, während uns die Bedienung einen Tisch zuteilt. Weil es voll ist, bekommen wir einen Platz am hinteren Ende und ohne Fenster. Mein Herzschlag hat sich immer noch nicht beruhigt, als Yasmin und ich uns setzen.

Wie benebelt bestelle ich mir eine heiße Schokolade mit Marshmallows. Yasmin sieht mich fragend an, doch ich versuche, Zeit zu schinden. Was soll ich ihr sagen? Ich weiß ja selbst nicht, was da gerade passiert ist.

Meine Finger zittern, als ich die Jacke öffne. Ich schließe kurz die Augen, um mich zu sammeln. Nachdem ich sie geöffnet habe, ist Yasmins Blick voller Sorge.

»Was ist passiert?«, flüstert sie.

»Ich … Da war … *Ryan.*«

Sie blinzelt mehrmals. »Bist du dir sicher? Ich meine, warum sollte er hier sein?«

»Er war es. Einhundertprozent. Und er hat mich erkannt.«

»Also habt ihr geredet?«

»Nein, ich … ich bin weggerannt, bevor er dazu die Gelegenheit hatte.«

Yasmin legt eine Hand auf meine. »Jetzt atme erst mal durch und erzähl mir alles von Anfang an.«

Ich nicke und mache ein paar tiefe Atemzüge. Mit jedem Zug beruhigt sich mein Herzschlag und das Zittern meiner Hände lässt nach. Erst als uns die Bedienung die Bestellung bringt, geht es mir besser. Ich nehme einen Schluck von der heißen Schokolade und sehe mich im Diner um.

Was, wenn Ryan gesehen hat, wohin wir geflohen sind? Würde er herkommen? Hoffentlich nicht, sonst hätte ich keine Möglichkeit, erneut wegzurennen.

Ich räuspere mich, weil mir bewusst wird, dass Yasmin immer noch auf eine Erklärung wartet, und dann berichte ich ihr detailliert von meinem Aufeinandertreffen mit Ryan. Wobei es nicht viel zu erzählen gibt – schließlich ist kaum etwas passiert. Nachdem ich fertig bin, vergrabe ich das Gesicht in den Händen und unterdrücke ein Schluchzen.

Meine Empfindungen springen wie ein Jo-Jo auf und ab. Mal würde ich am liebsten zu Ryan in den Laden stürmen und in seine Arme fallen. Dann überlege ich, wie ich am schnellsten North Pole verlassen kann, ohne meine beste Freundin zu enttäuschen. Eine andere Möglichkeit wäre, mich irgendwo zu verstecken, wo mich niemand findet.

»Warum hast du nicht mit ihm geredet?«, fragt Yasmin und streicht mir über den Arm.

Ich nehme die Hände vom Gesicht. »Keine Ahnung. Ich habe einfach Panik bekommen.«

»Bereust du es? Sollen wir zurückgehen?«

Energisch schüttle ich den Kopf. »Ich will die Sache nur so schnell wie möglich vergessen.« Weil ich Angst habe. So schlimm wie schon lange nicht mehr in meinem Leben. Weil der Schmerz in meiner Brust unerträglich ist. Weil ich Ryan immer noch liebe, er mich aber nicht mehr.

Yasmin hebt eine Augenbraue, doch sie nickt. »Okay. Wie du meinst. Falls du es dir anders überlegst, sag Bescheid. Ich bin für dich da, Amber. Egal, ob als moralische Unterstützung oder um ihn mit einem Eishockeyschläger zu vermöbeln.«

Ich lächle sie dankbar an, merke aber selbst, dass es verkrampft wirkt. »Dir ist schon klar, dass wir wegen deiner Hochzeit hier sind? Willst du etwa in Handschellen vor den Altar geführt werden?«

Wir kichern beide und nach und nach entspanne ich mich.

Kapitel 5

Ryan

Ambers Blick geht mir auch einen Tag nach unserer unerwarteten Begegnung nicht mehr aus dem Kopf. Darin hat nicht die geringste Wiedersehensfreude gelegen, da war nur Angst. So viel Angst, dass sie ohne zu zahlen aus meinem Laden geeilt ist. Erst in diesem Moment ist mir Yasmin aufgefallen. Ich war kurz davor, den beiden hinterherzurennen und sie im Diner zu suchen.

Aber was hätte das gebracht? Amber hat mir mit ihrer Flucht klargemacht, was sie von mir hält. Dabei hat mein Herz wie verrückt geklopft, als ich sie entdeckt und sich unsere Blicke getroffen haben.

All die verdrängten Gefühle für sie haben mich wie eine Welle überrollt. Und dann die Erinnerungen an unsere gemeinsame Zeit. Auch wenn sie kurz war, sie war intensiv und für mich unvergesslich.

Vor dem Einschlafen habe ich an sie gedacht. Und jetzt schon wieder. Aber ich muss aufstehen und arbeiten. Nach einer Dusche steige ich ins Auto und halte am *Café Snowflake*, um mir meinen morgendlichen Kaffee sowie einen Donut zu besorgen.

Seit ich den Laden von Heather entdeckt habe, bin ich süchtig nach ihren süßen Kreationen und nun Stammkunde. Leider bin ich nicht der Einzige, es steht eine Schlange davor. Ich schiebe die Hände in die Jackentaschen und warte geduldig. Es dauert fast zehn Minuten, bis ich eintrete und mich der köstliche Duft von frisch gebackenen Plätzchen und Kaffee empfängt.

Ich schaffe mir an der Auslage einen Überblick über die verfügbaren Stücke, bis ich an der Reihe bin. Das bekannte Kichern zweier Frauen erregt meine Aufmerksamkeit. Ich brauche nicht lange zu suchen, bis ich Amber und Yasmin entdecke. Die beiden sitzen an einem Tisch am Fenster bei Kaffee und Kuchen und unterhalten sich angeregt.

Bis Yasmin meinen Blick auffängt und verstummt. Überraschenderweise lächelt sie dann herzlich und winkt mich herbei. Amber schaut über die Schulter und macht sich auf ihrem Stuhl klein, als sie mich bemerkt. Wie von selbst tragen mich meine Beine zu ihnen, denn die Tatsache, dass ich sie innerhalb von zwei Tagen zweimal sehe, kann kein Zufall sein.

»Hey«, krächze ich, weil sich mein Hals plötzlich wie ein Reibeisen anfühlt.

»O mein Gott, Ryan«, jubelt Yasmin und springt auf, um mich zu umarmen. »Wie geht es dir?«

»Gut.« Ich räuspere mich, als sie sich von mir löst. »Und dir?«

»Wunderbar. Ich heirate morgen.«

»Glückwunsch.« Ich wage einen flüchtigen Blick zu Amber, die stocksteif auf ihrem Platz sitzt und auf ihren Teller starrt. »Wer ist der Glückliche?«

»Henry. Du kennst ihn nicht. Wir haben uns vor zwei Jahren in North Pole kennengelernt.«

»Und deswegen wollt ihr hier heiraten?«

Sie nickt energisch und setzt sich. »Du musst unbedingt kommen.«

Durch Ambers Körper geht ein Ruck und dann wackelt der Tisch. Hat sie etwa Yasmin getreten? Sie taxiert ihre Freundin mit einem warnenden Blick, den Yasmin allerdings gekonnt ignoriert. »Nein«, zischt Amber.

»Ich halte es für keine gute Idee«, versuche ich, die Situation zu entschärfen, obwohl ich die Einladung gern angenommen hätte, um mit Amber reden zu können.

»Ryan …« Yasmin faltet die Hände vor ihrer Brust. »Dass euch das Universum hier zusammenführt, ist ein Zeichen. Es ist euer Schicksal, eure Geschichte zu Ende zu bringen. Dem kann man nicht entkommen. Also bitte wehre dich nicht dagegen. Und du auch nicht, Amber.« Sie wirft ihrer Freundin einen vielsagenden Blick zu.

»Ist das dein Ernst, Yasmin?«, knurrt Amber fassungslos und sieht mich nun das erste Mal an.

Es ist wie ein Feuerwerk, das in mir explodiert. Und in ihren Augen erkenne ich dieselbe Sehnsucht, die in mir herrscht. Hat Yasmin recht, ist es wirklich Schicksal? Ich glaube an solche Dinge nicht, doch irgendetwas muss daran sein, wenn so viele Menschen davon überzeugt sind.

Amber sieht genauso hübsch aus wie früher. Als wären keine acht Jahre vergangen. Ihre grauen Augen erinnern mich immer noch an einen zugefrorenen See. Nur ihre braunen Haare sind länger und etwas heller.

Unter dem Pullover, den sie gestern bei mir *gestohlen* hat, kann man die weiblichen Rundungen nur erahnen. Sie hat markantere Gesichtszüge und ist kein Mädchen mehr, sondern eine attraktive junge Frau.

»Natürlich. Schließlich ist Ryan ein alter Freund von mir und ich kann zu meiner Hochzeit einladen, wen ich will«, erwidert Yasmin mit einem gewinnenden Lächeln und wendet sich an mich. »Also – hast du morgen Nachmittag etwas vor?«

Beide Frauen sehen mich abwartend an. Ambers Blick bettelt mich förmlich an, Nein zu sagen; Yasmin hingegen scheint sich ihrer Sache sicher zu sein.

Was soll ich tun? Egal, wie meine Antwort lautet, ich verletze dadurch jemanden. Andererseits hätte ich bei der Hochzeitsfeier die Möglichkeit, mich mit Amber auszusprechen. Seit unserer Trennung ist viel passiert und ich möchte wissen, was sich in ihrem Leben verändert hat.

»Klar, bin gern dabei.« Hoffentlich kann ich meine Aushilfe davon überzeugen, kurzfristig für mich einzuspringen.

Yasmin klatscht in die Hände, sodass ihre Armbänder klimpern. »Das wird super.«

Amber schnaubt und verschränkt ihre Arme vor der Brust. »Wenn es um die Pullover geht – ich bezahle sie dir.«

»Nein. Ich schenke sie dir. Der steht dir übrigens gut.«

Sie runzelt die Stirn. »Ist das dein Laden?«

»Ja, ich habe ihn dieses Jahr übernommen.«

»Schon mal überlegt, mehr Auswahl für Weihnachtsmuffel anzubieten?« Ihr Mundwinkel zuckt verräterisch.

»Das würde sich in North Pole nicht verkaufen.«

»Und was hat dich hierher verschlagen?«, fragt Yasmin und stützt das Kinn in ihre Handfläche.

»Na ja … durch mein NHL-Aus musste ich mich neu orientieren. Die Kindereishockeymannschaft hat einen Trainer gesucht und war froh, als ich mich angeboten habe.«

»Das ist ja toll. Wann ist das nächste Training? Wir möchten zusehen.«

»Heute siebzehn Uhr. Ihr könnt gern vorbeikommen. Ich würde mich freuen.« Um Amber zu zeigen, dass ich es ehrlich meine, lächle ich sie an, aber sie hebt nur eine Augenbraue.

»Super. Wir feiern heute nämlich meinen Junggesellinnenabschied und lassen uns völlig ungeplant durch den Tag treiben.«

»Hört sich ausgezeichnet an. Wenn ihr möchtet, kann ich euch für den Abend ein paar Tipps geben. Aber jetzt muss ich los und den Laden aufschließen.«

»Okay, dann sehen wir uns nachher in der Halle.« Nun ist es Yasmin, die ihre Freundin gegen das Bein tritt. »Nicht wahr, Amber?«

»Natürlich«, faucht sie und schenkt mir ein aufgesetztes Lächeln.

Ich atme geräuschvoll aus. »Bis später«, murmle ich und wende mich ab. Leider fehlt mir die Zeit, mich noch einmal für einen Kaffee anzustellen, deswegen verlasse ich das Geschäft und steige ins Auto. Als ich draußen am Fenster des Cafés vorbeigehe, schaue ich zu Amber. Sie sieht ebenfalls zu mir und wenn ich mich nicht täusche, schimmern Tränen in ihren Augen.

Amber

Ich wische mir die Tränen von den Wangen. Jetzt, da meine Wut verraucht ist, kann ich sie nicht mehr zurückhalten. Yasmin drückt meine Hand und betrachtet mich mitfühlend. Dabei ist sie für dieses Gefühlschaos in mir verantwortlich.

Wie konnte sie Ryan zur Hochzeit einladen? Sie hat gesehen, wie sehr es mich mitgenommen hat, als ich ihm gestern begegnet bin.

Und als wäre das nicht heftig genug, besuchen wir ihn nachher beim Training. Unfassbar! Ich dachte, Yasmin ist meine beste Freundin und würde mich nicht dermaßen quälen. Denn das tut sie.

Wenn Ryan in meiner Nähe ist, drehen bei mir die Hormone durch. So sehr, dass ich nun heulend in einem Café sitze und uns die Gäste merkwürdig ansehen. Am liebsten würde ich mich im B&B unter der Bettdecke verkriechen.

In dem Bett, in dem ich gestern neben Ben gelegen habe. Nicht, dass etwas passiert wäre. Ben war der absolute Gentleman und hat sogar eine Barriere aus Kissen zwischen uns gebaut, damit ich mich nicht unwohl fühle. Andere Männer hätten sich die Chance sicher nicht entgehen lassen und versucht, mit mir zu schlafen.

Kopfschüttelnd vergrabe ich das Gesicht in den Händen. Das ist einfach zu viel für mich. Diese übertrieben fröhliche Weihnachtsstimmung ist kaum zu ertragen, aber mein verschwundener Koffer sowie Ben und Ryan machen aus der Hochzeit eine Katastrophe erster Klasse.

»Ich weiß, dass du jetzt wütend auf mich bist«, beginnt Yasmin in einem versöhnlichen Ton. »Aber du siehst nicht, was ich sehe.«

Stirnrunzelnd schaue ich auf. »Ach ja?«

Sie nickt kaum merklich. »Er liebt dich noch.«

Ich lache mit einem enttäuschten Klang, der sich eher nach Jammern anhört. »Wenn er mich wirklich geliebt hat, dann hätte er uns nicht einfach aufgegeben.«

»Manchmal trennt man sich von einem Menschen, *weil* man ihn liebt.«

»Aber warum hat er unserer Beziehung keine Chance gegeben? Er wollte nicht mal eine Fernbeziehung versuchen.«

»Amber, was blieb ihm anderes übrig? Das Stipendium war eine einmalige Gelegenheit für ihn. Und du warst sechzehn Jahre alt. Er wollte nicht, dass du wegen ihm die Schule schmeißt, um bei ihm zu sein.«

Ich ziehe ein Taschentuch aus meiner Handtasche und putze mir die Nase. Yasmin und ich haben diese Unterhaltung bereits unzählige Male geführt. Natürlich kann ich mittlerweile verstehen, dass das Sportstipendium eine einmalige Chance für Ryan war. Eishockey war schon immer seine Leidenschaft. Wie es ihm jetzt wohl geht, seit er nicht mehr spielen kann?

»Und woher willst du wissen, dass er noch etwas für mich empfindet?«

»Es ist sein Blick. Er sieht dich auf dieselbe Art und Weise an wie früher. Ich habe lange nach einem Mann gesucht, der mich genauso ansieht, weil ich diese Liebe, die ihr hattet, auch wollte.« Sie legt den Kopf schief. »Und wenn du ehrlich zu dir bist, weißt du, dass du ihn liebst. Du musst es nur schaffen, ihm zu vergeben.«

»Was ist, wenn ich das nicht hinbekomme?«

»Dann hast du immer noch Option B.«

»›B‹ für Ben?«

Yasmin nickt. »Vielleicht solltest du das Date mit ihm verschieben, damit er nicht vor den Kopf gestoßen wird, wenn dein Ex bei meiner Hochzeitsfeier auftaucht.«

Ich blähe die Wangen auf und lasse die Luft langsam entweichen. »Dein Verkupplungsplan wird nicht funktionieren.«

»Seit acht Jahren trauerst du Ryan hinterher. Jetzt hast du die Chance, dich mit ihm auszusprechen. Nutze sie. Sei mutig, Amber.«

»Und wenn mir nicht gefällt, was er mir dann sagt?«

»Es kann nichts Schlimmes passieren. Entweder lebt danach jeder sein Leben wie es war, oder ihr findet wieder zueinander. War es nicht das, was du dir in all der Zeit gewünscht hast? Mit ihm zusammen zu sein?«

Ich brauche einen Moment, um ihre Worte sacken zu lassen. »Wusstest du, dass er in North Pole lebt?«

»Nein. Ich hatte absolut keine Ahnung und war genauso überrascht wie du.«

»Also ist es wirklich so etwas wie Schicksal? Ohne deine Hochzeit wäre ich nie im Leben hier. Womöglich wären wir uns sonst nicht begegnet.«

Yasmin nippt an ihren Kaffee und verzieht das Gesicht. Wahrscheinlich ist er längst kalt. »Sagte ich doch. Ryan hat es offenbar gleich verstanden.«

Ich massiere mir die Schläfen, weil die vielen neuen Informationen in meinem Kopf ungeordnet herumwirbeln. Und je mehr ich darüber nachdenke, umso entschlossener werde ich.

Sobald ich mit Ryan geredet habe, können nur zwei Dinge passieren: Wir überwinden die Gründe für unsere Trennung und werden wieder zusammenkommen. Wobei ich mir nicht sicher bin, ob ich in der Lage bin, ihm zu vergeben. Und falls nicht, habe ich endlich die Gewissheit und kann ihn loslassen. Vielleicht schaffe ich es sogar, für Ben oder einen anderen Mann tiefe Gefühle zu entwickeln.

»Okay. Du hast recht«, murmle ich.

Sie lächelt mich liebevoll an und tätschelt mir die Wange. »Natürlich habe ich das, Dummerchen. Schließlich bin *ich* deine beste Freundin und weiß, was das Richtige für *dich* ist.«

»Na ja, als du mir damals deine Barbiepuppe über den Kopf gezogen hast, sah das anders aus«, scherze ich.

»Ich war vier Jahre alt. Hältst du mir immer noch vor, dass ich mein Spielzeug nicht mit dir teilen wollte?«

Kopfschüttelnd beuge ich mich über den schmalen Tisch und umarme Yasmin. »Danke, dass du immer für mich da bist.«

»Und ich bin froh, dass ich dich habe. Sonst würde ich einen Tag vor meiner Hochzeit ein Nervenbündel sein.«

Ich setze mich und leere meine Tasse. »Lass uns weiterziehen. Wir müssen nachher pünktlich beim Training sein«, sage ich mit einem Augenzwinkern.

»Ja, genau. Ich will unbedingt dabei sein, wenn Ryan die Kids übers Eis jagt.«

Wir kichern und brechen auf.

Kapitel 6

Amber

Yasmin feuert die Kinder auf der Eisfläche an, als wären es ihre eigenen. Hoffentlich ist sie morgen nicht heiser, wenn sie ununterbrochen jubelt. Dann könnte sie ihr Gelübde nicht aufsagen – ein Horrorszenario. Zumindest hat sie Spaß und das ist der Sinn eines Junggesellinnenabschieds.

Die Jungs sind Skifahren, wie Ben mir verraten hat. Wenn Yasmin davon wüsste, würde sie es bestimmt verbieten, weil sie Angst hätte, dass Henry sich einen Tag vor der Hochzeit noch ein Bein bricht.

Als Yasmin lautstark »Buuuuh!« ruft, nachdem ein Junge einen anderen gefoult hat, werden wir von den

Leuten auf der Tribüne merkwürdig angesehen. Wahrscheinlich sind darunter die Eltern der Kinder. Ich lächle ihnen entschuldigend zu und schaue wieder zur Eisfläche.

In diesem Moment kreuzen sich Ryans und mein Blick. Er grinst, sodass seine Augen leuchten. Es ist dieses Grinsen, das immer Schmetterlinge in meinen Bauch gezaubert hat. Wie jetzt auch. Sie waren die ganze Zeit über da und heute, nach acht Jahren, spüre ich sie das erste Mal wieder.

Ryan winkt und ich hebe ebenfalls kurz die Hand. Dann skatet er übers Eis und gibt einem Kind Anweisungen. Fasziniert beobachte ich ihn, wie er als Trainer arbeitet und dabei viel Geduld aufbringt. Auch die Blicke, die er regelmäßig in meine Richtung wirft, entgehen mir nicht.

Genauso wie das Getuschel einiger Frauen neben uns. Wenn ich den Tratsch richtig verstehe, ist Ryan ein begehrter Junggeselle in North Pole und die Mütter der Kinder, die er trainiert, schwärmen von ihm. Daher passt es ihnen wohl nicht, dass er nur Augen für mich hat.

Ich tue so, als würde ich ihre Gespräche nicht mitbekommen. Oder reden sie extra laut, *damit* ich es höre? Andererseits weiß ich nun, dass Ryan keine Freundin hat, was mich unglaublich erleichtert.

Yasmin lehnt sich zu mir herüber. »Hast du das gehört?«

»Klar. Wie könnte ich nicht?«

»Schnapp ihn dir, Tiger, bevor dir eine andere zuvorkommt.«

Sie bringt mich zum Kichern, aber dann werde ich schlagartig ernst. »Mal angenommen, wir versuchen es noch einmal miteinander – wie soll das funktionieren, wenn er in North Pole lebt und ich in Anchorage? Das sind mindestens sechs Stunden mit dem Auto.«

»Lass das«, murrt Yasmin.

»Was meinst du?«

»Du suchst nach Gründen, es erst gar nicht zu probieren. Wenn du länger grübelst, bekommst du wie gestern Angst und ziehst den Schwanz ein. Aber das ist völlig unbegründet. Sobald ihr euch füreinander entschieden habt, werdet ihr einen Weg finden.«

Ich hebe eine Augenbraue. »Seit wann habe ich einen«, ich senke die Stimme, »*Schwanz*?«

Yasmin verdreht die Augen. »Mir ist gerade kein passender Spruch eingefallen. Aber Fakt ist: Hör auf dein Herz und nicht auf deinen Kopf.«

»Das ist nicht einfach.«

Ein langer Pfiff ertönt und lenkt unsere Aufmerksamkeit zur Eisfläche. Die Mannschaft schwirrt gefolgt von Ryan zur Umkleide. Nach und nach werden die Kinder von ihren Eltern in Empfang genommen und die Ränge leeren sich.

»Sollten wir auch gehen?«, frage ich.

»Wir warten. Ryan kommt sicher zurück.«

Ich nicke und schiebe meine behandschuhten Finger zwischen meine Oberschenkel. Eine angenehme Aufregung macht sich in mir breit, während wir warten.

Erst als meine Finger halbwegs warm sind, erscheint Ryan auf der Eisfläche. Er skatet zum Rand, an dem wir sitzen, und hält in jeder Hand ein Paar Schlittschuhe. Sein Lächeln dazu bringt mein Herz aus dem Takt.

»Lust auf eine Runde?«, fragt er uns, als er zum Stehen kommt und sich über die Bande beugt.

»Ich dachte schon, du fragst nie«, erwidert Yasmin und springt von ihrem Platz auf, um Ryan die Schlittschuhe abzunehmen.

Nachdem ich mehrmals tief durchgeatmet habe, folge ich ihr und schlüpfe in mein Paar. Es sind sogar unsere Größen. Hat Ryan sich das tatsächlich gemerkt?

»Wie hat euch das Training gefallen?«, holt er mich aus den Gedanken.

Ich schaue zu ihm auf. Sein Blick ruht auf mir. Voller Zuneigung und Liebe. So, wie er mich früher immer angesehen hat. Als wir das erste Mal miteinander geschlafen haben und er mir ins Ohr geflüstert hat, wie sehr er mich liebt. Und während er mir zugehört hat, wenn es mir schlecht ging.

So viele Momente, die uns Stück für Stück zusammengeschweißt haben, die meine Gefühle für ihn wachsen ließen und die sich in mein Gedächtnis eingebrannt haben.

Und plötzlich fühlt es sich an, als wären wir keine Sekunde getrennt gewesen. Das ist verrückt, denn es ist doch so viel passiert.

Er hat mir das Herz gebrochen. Dennoch vibriert es in seiner Gegenwart.

Mit wackeligen Beinen wage ich mich auf die Eisfläche. Ryan hält mir die Hand entgegen, weil ihm offenbar nicht entgangen ist, wie unbeholfen ich mich anstelle. Kein Wunder, zuletzt war ich mit ihm auf dem Eis.

Nur weil ich nicht hinfallen möchte und mir schlimmstenfalls etwas brechen könnte, umfasse ich zögernd mit einem »Danke« seine Hand.

Trotz des Stoffs zwischen uns spüre ich seine Körperwärme deutlich. Wie eine Welle durchläuft sie meinen

Arm und meinen ganzen Körper. In meinem Bauch macht sich ein wohliges Gefühl breit und auf meinem Rücken ein elektrisierendes Prickeln.

Erneut verfangen sich unsere Blicke, als wir langsam über das Eis gleiten. Bereits nach kurzer Zeit fühle ich mich sicherer und werde mutiger. Doch Ryans Hand lasse ich nicht los. Schließlich tue ich das, damit ich nicht falle, oder?

Yasmin düst an uns vorbei und sieht so elegant wie eine Eiskunstläuferin aus. Im Gegensatz zu mir ist sie nicht aus der Übung. Ich habe das Eis gemieden, weil ich dabei immer an Ryan denken musste und traurig wurde.

Durch unser Schweigen ist das Schaben der Kufen deutlich hörbar. So laut, wie mein Herz schlägt, bin ich mir sicher, dass es Ryan hört.

Runde um Runde drehen wir und werden schneller. Ich verschränke meine Finger mit seinen und merke, wie sich ein Lächeln in mein Gesicht schleicht.

Bin ich so weit, Ryan zu verzeihen?

Was, wenn wir tatsächlich eine zweite Chance hätten? Sicher, wir können nicht dort weitermachen, wo wir aufgehört haben, dennoch ist es möglich. Seine Karriere steht uns nicht mehr im Weg, es ist nur die Entfernung. Aber liebt er mich überhaupt noch? Damals hat er gemeint, dass er keine Gefühle mehr für mich hat, als er gegangen ist.

Weil die Überlegungen immer mehr Fahrt aufnehmen, schüttle ich den Kopf, um sie zu vertreiben.

»Alles okay?«, raunt Ryan mir zu.

»Ja. Es fühlt sich unwirklich an. Als würde ich träumen.«

»Mir geht es auch so …« Er drückt meine Hand. »Warum bist du gestern aus dem Laden geflohen?«

Wir drosseln unser Tempo, weil ich mittlerweile außer Atem bin. Erst jetzt wird mir bewusst, dass wir allein auf dem Eis sind. Suchend sehe ich mich um, kann Yasmin aber nirgends entdecken. Das hat sie geschickt eingefädelt. Ich weiß nicht, ob ich nachher mit ihr schimpfen oder mich bei ihr bedanken soll.

»Macht man das nicht so, wenn man etwas stiehlt?«, scherze ich und klimpere unschuldig mit den Wimpern. Dabei habe ich immer noch ein schlechtes Gewissen.

Er lacht schallend und bringt die Schmetterlingskolonie in meinem Bauch in Aufruhr. Dann bremst er und wir kommen zum Stehen. So wie früher zieht er mich an der Hand zu sich, damit er mich direkt ansehen kann. Nur damals hat er mich geküsst, nun halten wir Abstand.

»Also machst du das häufiger?«

»Ständig. Sobald ich einen Pullover ohne Weihnachtsmuster sehe, kann ich mich nicht mehr zurückhalten. Mein Schrank platzt bald. Aber nicht verraten, sonst stecken sie mich womöglich ins Gefängnis.«

Sein Lächeln verschwindet. »Hast du seitdem etwas von deinem Dad gehört?«

Früher haben wir viel über ihn geredet. Ryan versteht, wie sehr mich der Verlust getroffen hat, weil seine eigene Familie zerrüttet ist. Dass er das Thema nun anspricht, tut mir auf merkwürdige Weise gut. Sonst habe ich außer Yasmin niemanden, mit dem ich darüber reden kann. Weder Mom noch Joshua erwähnen Dad. Dabei hat er uns ohne ein Wort verlassen.

»Nein. Und diese Ungewissheit ist das Schlimmste. Er könnte längst tot sein oder irgendwo eine neue Familie gegründet haben.«

»Das kann ich verstehen. Dennoch glaube ich nicht, dass er euch absichtlich zu Weihnachten verlassen hat.«

»Also denkst du immer noch, ihm ist damals etwas passiert und er ist deswegen nicht nach Hause gekommen?«

»Ja. Gilt er bei der Polizei weiterhin als vermisst?«

»Keine Ahnung. Mom spricht nicht mit mir darüber.«

Ryan

Ich nicke und führe Amber von der Eisfläche, um unsere Schuhe zu wechseln. »Wie geht es deiner Mom?«, frage ich beiläufig. Es ist besser, wenn wir vorerst bei unverfänglichen Themen bleiben. Außerdem interessiert es mich wirklich. Sie war immer nett zu mir und hat mich nach einigen längeren Gesprächen als Freund von Amber akzeptiert, obwohl ich fünf Jahre älter bin.

»Ganz gut. Sie hat einen neuen Mann. Wir mögen ihn aber nicht.«

»Joshua auch nicht?«

»Hm. Weißt du, dass er mittlerweile verheiratet ist und eine Tochter hat?«

Bei der Erwähnung von Ambers Bruder schmerzt mein Herz. Er war damals mein bester Kumpel. Durch ihn habe ich sie überhaupt kennengelernt, aber er war auch ausschlaggebend für die Trennung. Nur davon weiß sie nichts. »Wir hatten seit acht Jahren keinen Kontakt mehr.«

»Wirklich? Warum eigentlich? Er war dein bester Freund. Josh wollte nie darüber reden, wenn ich ihn gefragt habe.«

Ich schaue auf den Boden, massiere mein Knie, weil die Schmerzen schlimmer werden, und überlege, ob ich ihr die Wahrheit sagen sollte, entscheide mich aber vorerst dagegen. »Du weißt doch, wie das ist. Unterschiedliche Colleges, neue Freunde …«

»Verstehe«, murmelt Amber, richtet ihre Wollmütze und erhebt sich abrupt. »Ich muss los. Morgen ist Yasmins großer Tag und ich will zeitig ins Bett.«

»Wenn du mir fünf Minuten gibst, fahre ich dich. Wo seid ihr untergebracht?«

Sie blinzelt mehrmals, bis sie mir antwortet. »Im *Bluebell*.«

»Okay. Ich muss nur abschließen. Bin gleich zurück.«

Mit den Schlittschuhen in den Händen laufe ich zu den Umkleiden. Aus dem Spind nehme ich meinen Rucksack und ziehe mich um. Als ich zurückkomme, schaut Amber kurz vom Handy auf, während sie tippt.

Wem schreibt sie? Was ist, wenn sie einen Freund hat? Daran habe ich noch nicht gedacht, seitdem Yasmin von Schicksal und so geredet hat.

»Können wir?«, frage ich.

»Ja.« Amber schiebt ihr Handy in die Handtasche und wir gehen gemeinsam zum Ausgang.

»Wie lange bleibt ihr in North Pole?«

»Wir reisen übermorgen ab.«

Zwei Tage. Das ist viel zu wenig Zeit, um mich mit Amber auszusprechen, aber besser als nichts.

»Es ist wirklich in Ordnung für dich, wenn ich zur Hochzeitsfeier komme?«

Sie schnaubt und wirft mir einen flüchtigen Blick zu. »Ich werde es überleben.«

»Als mich Yasmin eingeladen hat, hatte ich nicht das Gefühl.«

»Da war ich durcheinander und wütend.«

Wir erreichen mein Auto und steigen ein.

»Und das bist du jetzt nicht mehr?«, hake ich nach und starte den Motor.

»Wütend zumindest nicht.«

»Ich … ich bin auch durcheinander, Amber. Dir hier zu begegnen – damit habe ich nicht gerechnet.«

»Frag mich mal. Und dann noch überall diese unerträgliche Weihnachtsstimmung.«

Kurzes Schweigen stellt sich zwischen uns ein, während ich auf die Straße einbiege.

»Weißt du noch, als wir zusammen gefeiert haben?«, frage ich, um sie an die besonderen Momente mit mir zu erinnern.

»Hm.« Sie räuspert sich. »Das war mein schönstes Weihnachten, seit Dad weg ist.«

»Das war auch mein schönstes Weihnachten.« Ich halte an einer Ampel und sehe zu dem geschmückten Haus vor uns. Es sieht fast so aus wie die gemietete Hütte, in der ich vor acht Jahren mit Amber die Feiertage verbracht habe. Nur wir beide, ohne Weihnachtsbaum und -lieder. Sie hat es geliebt. Ich habe es geliebt.

»Ich weiß«, murmelt sie und senkt den Blick auf ihre Hände, die sie knetet.

Es wird Grün und ich fahre weiter. Ambers Geruch nach Jasmin und Vanille hängt in der Luft und ich atme ihn tief ein. Es ist derselbe Duft, der all die Erinnerungen an unsere gemeinsame Zeit hervorruft. Damals dachte ich, das mit uns wäre für immer.

»Lebst du noch in Anchorage?«, wechsle ich vorsichtshalber das Thema.

»Ja. Ich arbeite in einer IT-Firma für Netzwerksicherheit.«

»Wow. Du hast es geschafft. Glückwunsch.«

»Danke. Ich hoffe, dass ich nächstes Jahr zur Teamleiterin befördert werde … Und du führst dein Geschäft und trainierst Kinder?«

Kurz überlege ich, ihr von Leo zu erzählen, entscheide mich aber dagegen. Es würde zu viele Fragen aufwerfen. Und wie ich Amber kenne, würde sie sich sofort zurückziehen. »So sieht mein Alltag aus.«

»Ich kann mir nicht vorstellen, wie schrecklich nach dem Unfall alles für dich gewesen sein muss.«

»Es war … die Hölle. Ich … ich war kurz davor, richtig tief abzurutschen, Amber. Da war nichts mehr, was mir wichtig war. Nur diese Leere in mir ist immer größer geworden.« Es auszusprechen, tut gut. Niemandem habe ich bisher davon erzählt.

Sie legt eine Hand auf meine und drückt sie sanft. »Es tut mir leid, Ryan. Ich wäre so gern für dich da gewesen.« Ihre Stimme wird mit jedem Wort leiser. »Ich habe deine Karriere verfolgt und alle Spiele im Fernsehen angeschaut. Ehrlich gesagt wollte ich dir sogar schreiben, habe mich dann aber nicht getraut, weil ich dachte, du würdest mir sowieso nicht antworten.«

»Wenn du es getan hättest, hätte ich mich gefreut. Ich habe mich häufig gefragt, was du machst, ob du glücklich bist und all das. Aber mir war auch klar, dass ich damals derjenige war, der dich verlassen hat. Ich wollte keine alten Wunden aufreißen.« Aus dem Augenwinkel schaue ich zu Amber.

Sie lächelt leicht und zieht ihre Hand zurück. »Wie geht es deinem Knie?«

»Es macht mir regelmäßig Probleme. Der Doc meint, dass ich damit leben muss.«

»Hast du Schmerzen?«

»Nein«, behaupte ich.

»Warum lügst du?«

Ich halte vor dem *Bluebell* und schalte den Motor aus. Dann atme ich tief aus und reibe mir die Lider. »Ich habe schon vielen diese Antwort gegeben. Jeder hat mir geglaubt. Nur du nicht.«

»Du konntest mir nie etwas vormachen«, erwidert sie mit Trotz in der Stimme. Es vergehen einige Sekunden, bis Amber flüstert: »Obwohl du mir das Herz gebrochen hast, konnte ich nicht aufhören, an dich zu denken.«

Ihre Worte erschüttern mich zutiefst. Ich war immer der Meinung, Amber würde mich mit der Zeit vergessen und mit einem anderen Mann glücklich werden. Aber nun weiß ich, dass es ihr wie mir geht.

»Zuerst habe ich dich gehasst«, fügt sie mit tränenerstickter Stimme hinzu.

Ich schaue zu ihr, sie hat die Augen starr nach vorn gerichtet. »Das tut mir leid, Amber. Alles tut mir leid. Glaubst du mir, wenn ich dir sage, dass ich es mittlerweile bereue?«

Langsam wendet sie mir den Kopf zu. »Wirklich?« Sie klingt ungläubig.

Ich umfasse ihre Hand. Trotz ihrer Handschuhe kann ich ihre kalten Finger spüren. Amber hatte schon immer kalte Finger und Füße. Sie hat sich dann an mich gekuschelt, um sich zu wärmen.

Wie gut es sich angefühlt hat, sie an meinem Körper zu spüren. Sie zu küssen. In ihr zu sein. Ihr stöhnen, ihre Liebesschwüre zu hören. Und verdammt, ich habe sie jede einzelne Sekunde vermisst, in der sie nicht bei mir war.

»Ja. Ich war so auf meine Karriere fixiert, dass ich das Wesentliche aus den Augen verloren habe. *Dich.* Und wenn ich die Zeit zurückdrehen und es ungeschehen machen könnte, würde ich es sofort geradebiegen.«

Unsere Blicke ruhen aufeinander. Da ist dieses Glänzen in Ambers Augen. Diese Liebe für mich. Sie war immer da, obwohl ich sie verletzt habe. Obwohl ich etwas getan habe, wofür ich mich selbst hasse.

»Aber so … einfach ist das … nun mal nicht«, bringt sie unter mehreren Schluchzern hervor. Eine Träne fließt über ihre Wange und sie wischt sie fahrig weg.

»Ich weiß. Aber vielleicht bist du irgendwann bereit, mir zu vergeben. Vielleicht lässt du es zu, dass ich dein Herz wieder heile. Und vielleicht gibst du mir dann eine zweite Chance.«

Sie presst die Lippen aufeinander und betrachtet mich intensiv. Wäre da nicht dieser Schmerz, den ich deutlich in ihren Augen erkenne, würde ich Amber an mich ziehen und nie wieder loslassen.

»Warum hast du dich nie bei mir gemeldet, wenn du mich so sehr vermisst hast?«

Ich höre mich schlucken und brauche ein, zwei Sekunden, bis ich ihr antworten kann. »Weil ich davon ausgegangen bin, dass du mit jemand anderem glücklich bist.«

Sie schnaubt und schüttelt den Kopf. »Danke fürs Fahren, Ryan.«

Ehe ich etwas sagen kann, steigt sie aus und stampft durch den Schnee zum Eingang des *Bluebells*.

Ich eile ihr hinterher. »Amber, warte!«

Als sie die Tür öffnet, schaut sie kurz über die Schulter zu mir. Ich kann ihre Zerrissenheit förmlich spüren. Und dann ist sie weg und ich sehe eine gefühlte Ewigkeit zum B&B, bis die Kälte in meine Glieder gekrochen ist und ich nach Hause fahre.

Kapitel 7

Amber

Ich drücke die Zimmertür hinter mir zu und lehne mich mit dem Rücken gegen das Holz. Tränen fließen unaufhörlich über meine Wangen. Als ich das Rascheln von Stoff höre, schaue ich aufs Bett. Obwohl es im Raum dunkel ist, kann ich Ben erkennen, der sich aufgesetzt hat und in meine Richtung starrt.

»Amber?«

»Habe ich dich geweckt?«, krächze ich.

»Nein. Ich habe mich eben erst hingelegt. Alles okay?«

»Klar«, behaupte ich, da es sich falsch anfühlt, Ben von der Begegnung mit meinem Ex-Freund zu erzählen.

»Wie war euer Junggesellenabschied?« Langsam löse ich mich von der Tür und gehe ein paar Schritte auf Ben zu. Dabei wische ich mir unauffällig das Gesicht trocken.

»Gut. Ich bin total erledigt. Und Henry auch. Wie war eure Feier?«

»Wir hatten viel Spaß.«

»Das freut mich.« Er reibt sich die Lider. »Yasmin wollte mir vorhin nicht verraten, warum sie ohne dich zurückgekommen ist. Ich sollte dich fragen.«

Ich ziehe meine Jacke aus, weil mir mit einem Schlag unerträglich warm ist. Hat Ben die Heizung aufgedreht? »Na ja, weißt du …«, beginne ich, doch ich finde keine Worte.

Als ich nicht weiterrede, schaltet Ben die Nachttischlampe an, schlägt die Bettdecke beiseite und steht auf. Mit zaghaften Schritten kommt er auf mich zu und lässt mich nicht aus den Augen. Er trägt einen schwarzen Pyjama mit der Aufschrift *Game Over*. Seine Haare sind verwuschelt, als hätte er schon geschlafen.

»Du bist ja vollkommen aufgelöst«, murmelt er und legt eine Hand auf meine Schulter.

»Es … es ist etwas passiert, womit ich nicht gerechnet habe.«

»Möchtest du darüber reden?«

Ich nage auf meiner Unterlippe. Ja, ich muss unbedingt mit jemandem darüber reden, um meine Gedanken zu sortieren. Aber nicht mit Ben. Ich würde ihn verletzen, wenn ich ihm von Ryan erzähle. Das ist nicht richtig.

»Tut mir leid … Ich … ich kann nicht. Es gibt allerdings etwas anderes, über das ich mit dir sprechen muss.«

»Okay.« Er zieht seine Hand zurück und deutet auf den Zweisitzer neben der Badezimmertür. »Wollen wir uns setzen?«

Ich nicke und wir nehmen Platz. Dabei achte ich darauf, möglichst viel Abstand zwischen uns zu halten. »Die Sache mit unserem Date morgen … Ich … Entschuldige, aber ich kann das nicht.«

Ben versteift sich. »Wieso? Ich meine, wir haben das vor einem Jahr vereinbart. Wenn du es nie wolltest, warum hast du zugestimmt?«

»Weil ich es wollte. Nur … jetzt nicht mehr.«

Er atmet geräuschvoll aus. »Also hast du heute deine Meinung geändert?«

»Ja. Und das hat absolut nichts mit dir zu tun. Es liegt an mir.«

Er stöhnt gequält. »Aber du kannst mir nicht erklären, warum. Richtig?«

»Momentan zumindest nicht. Ich weiß gerade selbst nicht, wo mir der Kopf steht.«

»Verstehe …« Er reibt sich die Stirn. »Wir sollten schlafen. Morgen wird ein langer, anstrengender Tag«, sagt er in einem enttäuschten Ton und erhebt sich schwerfällig, um sich ins Bett zu legen.

»Es tut mir leid, Ben.«

»Hm«, macht er und zieht die Bettdecke über den Kopf.

Einige Minuten bleibe ich sitzen und gehe in Gedanken unser Gespräch durch. Es war richtig, unser Date abzusagen. Und falls Ryan morgen tatsächlich zur Hochzeitsfeier auftaucht, wird Ben verstehen, weshalb ich es getan habe.

Nur wie wird er darauf reagieren? Wird er wütend oder traurig sein? Eifersüchtig?

Es zieht unangenehm in meinem Magen. Um den Schmerz zu mildern, drücke ich eine Hand auf den Bauch, doch es hilft nicht.

Ich schleiche ins Badezimmer, um mich bettfertig zu machen und danach neben Ben zu legen. Er atmet flach, dennoch glaube ich nicht, dass er schläft. Aber egal, was ich sagen würde, es würde nichts verbessern, deshalb schweige ich und schließe die Augen.

❄ ❄ ❄

Ich drehe mich, um von allen Seiten das Ersatzkleid zu betrachten, doch der Badezimmerspiegel ist zu klein. Dieser roséfarbene Tüllhaufen ist nicht das, was ich mir vorgestellt habe. Abgesehen davon, dass ich darin kaum atmen kann und der Stoff kratziger ist, als ich es in Erinnerung habe. Aber was soll's. Es ist die Hochzeit meiner besten Freundin und diesen einen Tag werde ich irgendwie überleben.

Seufzend schüttle ich den Kopf und schlüpfe in die Pumps. Mit wackeligen Schritten tapse ich zum Zimmer der Braut. Schon von Weitem kann ich das aufgeregte Schnattern von Gloria und Frances hören.

Ich klopfe an und trete ein. Die beiden Mütter schwirren um Yasmin wie Hummeln um eine Blüte und bemerken mich nicht, so sehr sind sie in ihrem Element.

Gloria zupft die Haare ihrer Tochter zurecht, die elegant hochgesteckt und mit weißen Blüten und Perlen verziert sind. Frances tupft Yasmin rosafarbenen Lipgloss auf die Lippen. Die Braut trägt bereits ihr Kleid – ein traumhaftes Stück aus Spitze und Tüll.

»Amber«, haucht Yasmin, als sie mich im Spiegel sieht, und lächelt so, wie es nur eine Braut an ihrem großen Tag tut.

»Wow. Du siehst wunderschön aus.«

»Danke. Du aber auch.« Sie steht auf, rafft die Röcke und stakst auf mich zu, um mich zu umarmen. »Rette mich. Die beiden rauben mir den letzten Nerv«, flüstert sie mir ins Ohr. Mit einem bedeutungsvollen Blick löst sie sich von mir.

Ich nicke ihr kaum sichtbar zu und wende mich an Frances und Gloria. »Seid ihr bitte so lieb und schaut nach Henry?«

»Wieso? Gibt es Probleme?«, fragt seine Mom atemlos.

»Nein, nein. Ich möchte nur sichergehen, dass bei ihm alles in Ordnung ist. In der Zwischenzeit kümmere ich mich um Yasmin. Wir treffen uns dann beim Mietwagen.«

»Na gut«, sagt Gloria in einem misstrauischen Ton. »Aber falls du uns brauchst, holst du uns, ja?«

Ich lächle sie aufmunternd an. »Natürlich.«

Nach ein paar Worten an Yasmin verlassen die beiden Frauen das Zimmer. Meine beste Freundin atmet geräuschvoll aus, nachdem die Tür ins Schloss gefallen ist, und lässt sich auf die Bettkante plumpsen. »Danke.«

»Sicher doch. Was war los?«

Sie winkt ab. »Die beiden konnten sich nicht einig werden und wollten über meinen Kopf hinweg Entscheidungen treffen. Dabei bin *ich* die Braut. Heute dreht sich alles um *mich*. Ich kann die Haare so tragen, wie *ich* will, und das Make-up wählen, das *mir* gefällt.«

»Ich bin stolz auf dich.«

»Danke, Amber …« Sie drückt den Rücken durch. »Wie lief es gestern mit Ryan?«, wechselt sie abrupt das Thema.

»Ähm«, mache ich und merke, wie mir Hitze in die Wangen schießt.

Yasmin hebt eine Augenbraue. »Habt ihr euch geküsst?«

»Nein. Wir haben … *geredet*.«

»Und? Muss ich dir alles aus der Nase ziehen?«

Ich laufe im Zimmer auf und ab, was in den Pumps nicht so einfach ist. Hoffentlich knicke ich damit heute nicht um. »Er hat sich entschuldigt und mich mehr oder weniger um eine zweite Chance gebeten.«

»Die du ihm geben wirst?«, hakt sie mit schriller Stimme und einem breiten Lächeln nach.

»Um das zu entscheiden, genügt *ein* Gespräch definitiv nicht.«

»Aber du kannst es dir vorstellen?«

»Yasmin«, sage ich, bleibe stehen und lege beide Hände auf ihre Schultern. »Heute ist deine Hochzeit. *Euer* Tag. Also sollten wir uns jetzt darauf konzentrieren, okay?«

»Hast recht.« Sie hebt einen Finger. »Ich habe nur eine klitzekleine Frage.«

»Welche?«

»Was wird aus dem Date mit Ben heute?«

Ich starre Yasmin an. »Daran denkst du erst jetzt? *Nachdem* du Ryan zu deiner Hochzeitsfeier eingeladen hast?«

Sie macht einen Schmollmund und schaut mich entschuldigend an. »Du könntest ein Doppel-Date daraus machen?«, fragt sie kleinlaut.

»Ganz sicher nicht. Ich habe Ben gestern Abend gesagt, dass es nichts wird.«

»Oh! Wie hat er reagiert?«

»Was glaubst du denn? Er war enttäuscht. Als ich heute Morgen aufgewacht bin, war er weg, weil er sich aus dem Zimmer geschlichen hat.«

»Tut mir leid. Manchmal gehen die Verkupplungshormone mit mir durch.«

»Tja, lässt sich nicht ändern«, murre ich.

»Hilfst du mir trotzdem, auf die Toilette zu gehen?«

Mein Blick gleitet über ihr Kleid. »Das werde ich heute wohl mehrmals tun, hm?«

»Jaa-ah«, trällert sie und stürmt ins Badezimmer. »Wir müssen uns beeilen.«

Ich hebe Yasmins Tüllröcke und das Unterkleid an und sie setzt sich rittlings aufs Klo. Gespannt warte ich auf das erlösende Plätschern, aber es kommt nicht.

»O Mann. Ich kann nicht pinkeln, wenn mich jemand dabei beobachtet«, sagt sie seufzend.

»Denk an Meeresrauschen. Oder an einen Wasserfall.«

Einen Moment sind nur unsere leisen Atemzüge zu hören.

»Das klappt nicht.«

Aus einem Akt der Verzweiflung drehe ich die Dusche auf, die ich zum Glück ohne Schwierigkeiten erreiche.

»Yeah!« Yasmin hebt die Faust. »Reich mir mal das Klopapier.«

Ich wühle mich durch den Tüll und zupfe zwei Blätter von der Rolle ab. Erst da wird mir bewusst, dass die

Braut keinen Slip trägt. »Wird das nicht etwas kalt? Ich meine, es ist Winter und draußen sind es bestimmt minus fünfzehn Grad. Wäre da eine Strumpfhose nicht angebracht?«

Yasmin lässt die Stirn gegen die Fliesen sinken. »In meiner Vorstellung war eine Weihnachtshochzeit nicht so kompliziert«, murmelt sie.

❄ ❄ ❄

In unseren Tüllbergen kämpfen wir uns durch den Flur zu meinem Zimmer. Wir sind ordentlich in Zeitverzug gekommen, weil Yasmin nun einen Slip und eine Strumpfhose trägt. Abgesehen davon schwitze ich wie verrückt. Uns kommt Victoria, die Besitzerin des *Bluebells*, entgegen. Mit meinem Koffer im Schlepptau.

»O mein Gott! Darin ist mein Kleid!«, rufe ich erleichtert und beschleunige meine Schritte, soweit es die Pumps zulassen.

»Der wurde gerade gebracht«, erklärt Victoria und wuchtet den Koffer vor die Zimmertür.

Yasmin umfasst meinen Arm. »Wir müssen los, Amber. Du schaffst es nicht mehr, dich umzuziehen.«

All die Freude auf mein bequemes Kleid und die flachen Schuhe darin zerplatzt wie eine Seifenblase.

»Danke«, murmle ich an Victoria gerichtet und zerre den Koffer ins Zimmer. Ich ziehe meinen Mantel an und hänge mir die Handtasche über die Schulter, während

Yasmin mit der Besitzerin über die Hochzeit plaudert.

Fünf Minuten später sitzen wir im Mietwagen. Frances und Gloria haben auf uns gewartet und löchern uns mit Fragen, warum es so lange gedauert hat. Die Männer sind bereits da und wundern sich, wo wir bleiben.

Als wir kurz danach vor der Kirche halten, baut sich eine starke Anspannung in mir auf.

Da Mom ihren neuen Mann ohne die Anwesenheit ihrer Kinder geheiratet hat, war die einzige Hochzeit, auf der ich je war, die meines Bruders Joshua und seiner Frau Kassidy. Und da war einiges schiefgegangen.

Der Trauzeuge hatte die Ringe im Hotelzimmer vergessen. Die hübsch dekorierte Buttercremetorte war heruntergefallen, nachdem jemand beim Tanzen gegen den Tisch gestoßen war. Und als wäre das nicht schlimm genug: Kassidy hatte die Aufregung nicht verkraftet und plötzlich Wehen bekommen.

Hoffentlich erlebe ich so ein Chaos heute nicht noch einmal.

Als wir aussteigen, prickeln meine warmen Wangen durch die kalte Winterluft. Es riecht nach Schnee und der Himmel ist wolkenverhangen. Ein einziges Grau in Grau. Zum Glück ist der Weg nicht glatt und wir kommen ohne Zwischenfall in der Kirche an. Mein Blick fällt sofort auf Henry und Ben, die am Altar neben den Kerzen und Blumengestecken stehen.

Der Bräutigam hat nur Augen für seine zukünftige Frau und strahlt sie mit einem Einhundert-Watt-Lächeln an. Ben dagegen hat die Hände in die Hosentaschen geschoben und schaut auf seine Schuhspitzen. Ich habe ihn noch nie in einem Anzug gesehen und ich glaube, er fühlt sich genauso unwohl wie ich in diesem Kleid.

Gloria reicht mir einen Strauß mit weißen Blüten und Schleierkraut, dann scheucht sie mich zum Altar. Ich lege den Mantel und meine Handtasche ab und tipple auf die beiden Männer zu. Henry begrüßt mich mit einer innigen Umarmung, Ben nickt mir lediglich zu. Nachdem ich tief durchgeatmet habe, bringe ich mich neben ihm in Position.

Bis auf Yasmins Dad nehmen die Eltern Platz und dann setzt die Musik für die Trauung ein. Es hört sich anders an, als ich erwartet habe – weihnachtlicher. Mit einem nervösen Lächeln schreitet Yasmin an der Seite ihres Dads auf Henry zu. Sie sieht bezaubernd aus, obwohl sie den Brautstrauß verkrampft in ihren Händen hält.

Die hochzeitliche Atmosphäre greift auf mich über und mir steigen Tränen in die Augen, als Yasmin vor Henry tritt. Wie gebannt verfolge ich die Zeremonie, auf die wir ein ganzes Jahr hingearbeitet haben. Dabei schenkt Yasmin mir immer wieder dankbare Blicke.

»In diesem festlichen Augenblick, wenn die Lichter glänzen und die Herzen schneller schlagen, schwöre ich dir meine Liebe«, beginnt Yasmin ihr Gelübde. »Du bist mein Schneefall in der Nacht und die Wärme in meinem Herzen an kalten Winterabenden. Ich verspreche, deine Hand an allen Tagen unseres Lebens zu halten und dich zu lieben, ohne Unterlass.«

»Mit jedem Atemzug, den ich nehme, verspreche ich, dich zu lieben und zu schätzen, in guten und schlechten Zeiten. Wenn die Sterne am hellsten leuchten, lege ich dir mein Herz zu Füßen. Du bist mein größtes Geschenk und ich freue mich auf all unsere Weihnachtsfeste, auf unsere Familie und unser gemeinsames Leben, das in der Weihnachtszeit seinen Anfang genommen hat.«

Als die beiden schließlich die Ringe tauschen, fließen mir Tränen über die Wangen. Ich freue mich für Yasmin und Henry, für ihre Liebe zueinander, die sie in diesem Moment mit einem leidenschaftlichen Kuss besiegeln.

Berührt von dem intimen Augenblick schaue ich zu Ben und verliere mich in der Traurigkeit seiner Augen. Was habe ich mir nur gedacht? Ich wollte ihn nicht verletzen, habe es aber getan.

Dabei waren wir nicht einmal zusammen. Doch wie hätte ich ahnen können, dass ausgerechnet Ryan in North Pole ist? Dass wir uns hier nach acht Jahren und einer schmerzhaften Trennung wiedersehen? Dass mein Herz bei seiner Anwesenheit wie damals wild schlägt?

Unter Glückwünschen der Eltern verlassen wir die Kirche. Ich hänge weiterhin in meinen Gedanken, bis mich etwas Buschiges mitten ins Gesicht trifft. Aus einem Reflex greife ich danach, verliere beinahe das Ding in meinen Händen, bis mir klar wird, dass ich den Brautstrauß gefangen habe.

Fassungslos sehe ich zu Yasmin, die mir verschwörerisch zuzwinkert. War ja klar, dass sie auf mich zielt, weil ich hier die einzige unverheiratete Frau bin.

Kapitel 8

Ryan

Der separate Raum des Restaurants ist festlich für die Hochzeitsfeier geschmückt. Die Kerzen werfen tanzende Schatten an die Wände, Weihnachtsmusik klingt leise im Hintergrund und der Duft von Zimt und Tannennadeln erfüllt die Luft. Sogar ein Weihnachtsbaum wurde aufgestellt. Auf der Tafel liegt eine weiße Tischdecke mit Blumengestecken.

Ich brauche nicht lange, bis ich Amber entdecke, weil sie allein im Raum ist. Sie trägt ein roséfarbenes Kleid. Ich kann mir beim besten Willen nicht vorstellen, dass sie das ausgesucht hat. Es war bestimmt Yasmin, die sie dazu überredet hat.

Wie immer trägt sie ihre langen Haare offen. Sie ist so schön wie eh und je.

Als Amber meinen Blick auffängt, erstarrt sie für einen Moment. Ich kann den Schmerz in ihren Augen spüren, aber ich bin fest entschlossen, sie wieder glücklich zu machen. Mit wenigen Schritten bin ich bei ihr. Mein Herz schlägt schneller, als ich vor ihr stehen bleibe.

»Hey«, sage ich, doch meine Stimme klingt belegt.

»Ryan.« Sie strafft die Schultern und reckt das Kinn nach vorn. »Du bist gekommen.«

»Natürlich bin ich das.« Vielsagend halte ich das verpackte Geschenk in meinen Händen hoch. »Wo sind Yasmin und … und …?«

»Henry«, hilft mir Amber aus.

»Ja, genau – Henry. Ich möchte ihnen gratulieren.«

»Sie müssten bald kommen. Yasmin wollte unbedingt eine Fahrt mit dem Rentierschlitten nach der Trauung machen. Ich stelle es zu den anderen, okay?«

»Wow.« Ich reiche ihr das Geschenk und folge ihr zum dafür vorgesehenen Tisch. »Und anschließend besuchen sie noch Santa Claus und geben ihren Wunschzettel ab?«, scherze ich, um die angespannte Stimmung zwischen uns aufzulockern.

Es funktioniert, Amber lächelt, während ihr Blick über meinen Anzug wandert. »Mal unter uns – ist dieser Santa Claus der echte?«

»Was denkst du denn, warum jedes Jahr so viele Wunschzettel von Kindern zu ihm geschickt werden? Und wieso all die Touristen zur Weihnachtszeit hierherkommen?«

Sie verzieht einen Mundwinkel. »Gutes Marketing?«, flüstert sie verschwörerisch.

»Nein. *Weihnachtszauber.*«

Nun verdreht sie die Augen. »Wenn du das sagst, Ryan.« Der Spott in ihrer Stimme ist unüberhörbar.

Schon als ich sie kennengelernt habe, konnte Amber die Weihnachtszeit nicht ausstehen, weil ihr Dad die Familie an den Festtagen ohne ein Wort verlassen hat, als sie sechs Jahre alt war. Deswegen verüble ich ihr die Antwort nicht und wollte, dass unsere gemeinsamen Weihnachtstage immer anders ablaufen. Leider hatten wir nur ein Fest zusammen.

Bevor ich etwas erwidern kann, höre ich Schritte und aufgeregte Stimmen, die sich uns nähern. Langsam drehe ich mich um. Yasmins Mom und Dad erkenne ich sofort. Neben ihnen laufen wohl Henrys Eltern. Und hinter ihnen ein Mann, den ich nicht kenne.

»Ryan? Bist du das?«, fragt Gloria.

Ich hebe die Hand. »Hey, Miss Bennett.«

»Das ist aber eine Überraschung.«

Hilfe suchend sehe ich zu Amber, die nur mit den Schultern zuckt. »Hat Yasmin nicht erwähnt, dass ich komme?«

»Nein.« Ihr Blick huscht zu Amber. »Seid ihr wieder zusammen?«, fragt sie an uns beide gerichtet.

»Leider nicht. Aber ich gebe mein Bestes, das zu ändern«, sage ich voller Zuversicht.

Sie legt eine Hand auf meinen Arm. »Versprich mir, dass du ihr nicht noch einmal das Herz brichst. Amber hat einen Mann verdient, auf den sie sich verlassen kann.«

Ich nicke, Amber hingegen zieht scharf die Luft ein. »Das weiß ich.«

»Gut. Wie geht es dir, mein Junge?«

»Dieses Jahr war hart, aber ich habe mich nicht unterkriegen lassen.«

»Machst du richtig so. Du musstest als Kind schon genug durchstehen. Wie geht es deinen Eltern? Ich habe deine Mom im Sommer beim Einkaufen gesehen, aber sie hat mich wohl nicht erkannt.«

Oder wollte es nicht. »Wir hatten seit meinem Wegzug keinen Kontakt mehr.«

Gloria legt den Kopf schief. »Das kann ich dir nicht verdenken. Sie waren schon immer wie …«

»Feuer und Wasser?«, vervollständige ich ihren Satz und sie nickt.

»Ein Wunder, dass sie sich damals nicht gegenseitig umgebracht haben«, mischt sich Yasmins Dad ein. Ich kann ihm den Spruch nicht verübeln, manchmal wundert es mich selbst.

»Immanuel«, ermahnt Gloria ihren Mann und er macht ein schuldbewusstes Gesicht.

»Das ist kein Thema für eine Hochzeitsfeier, findet ihr nicht?« Amber lächelt verkrampft. Sie weiß, wie sehr ich unter den ständigen Streitereien meiner Eltern gelitten habe.

Erst als Joshua mich häufiger zu sich nach Hause mitgenommen hat, habe ich so etwas wie eine Mom gehabt. Ambers und Joshuas Mutter hat sich um mich gekümmert, als wäre ich ihr Sohn. Nur dass ich mich in ihre Tochter verliebe, damit hatte niemand gerechnet.

»Da hast du recht, Amber.« Gloria reckt den Hals. »Das Brautpaar sollte jeden Moment eintreffen.« Sie packt ihren Mann am Arm und zerrt ihn zum Tisch, an dem Henrys Eltern und der andere Kerl warten.

»Danke«, murmle ich an Amber gerichtet.

»Keine Ursache. Ich weiß doch, dass du nicht gern darüber redest. Aber nimm es ihnen nicht übel – sie sind nur neugierig.« Sie knetet ihre Hände, dabei schaut sie an mir vorbei.

Sieht sie etwa zu dem Mann mit der Brille? Und erdolcht er mich gerade mit seinen Blicken?

»Wer ist das?«, frage ich verwirrt.

Ertappt schnellt Ambers Kopf in meine Richtung. »Ben. Henrys Trauzeuge.«

»Habt ihr etwas miteinander?«

Sie hebt eine Augenbraue. »Wie kommst du darauf?«

»Weil er auf mich wirkt, als wäre er eifersüchtig.«

Sie öffnet den Mund, um etwas zu erwidern, doch als Henry und Yasmin durch die Tür schreiten, schnappt er zu, ohne einen Ton herausgebracht zu haben.

Eine Bedienung verteilt Sektgläser und dann hält das Brautpaar eine Ansprache. Wir stoßen an und nehmen am Tisch Platz. Amber sitzt mir gegenüber, neben ihr Ben. Während wir auf das Essen warten, wird munter geplaudert, aber Yasmin ist die Einzige, die mit mir redet.

Ob es eine gute Idee war, herzukommen? Irgendwie fühlt es sich falsch an, auch wenn ich bis auf drei Gäste alle kenne. Es ist einfach viel zu viel Zeit vergangen, seit wir uns zuletzt gesehen haben.

Amber

Es ist offensichtlich, dass Ryan sich unwohl fühlt. Umso erleichterter bin ich, als das Essen serviert und danach die Hochzeitstorte angeschnitten wird. Zum Glück ist bisher alles nach Plan gelaufen. Nur der Stoff vom Kleid kratzt mittlerweile so unangenehm, dass ich am liebsten ins B&B fahren und mich umziehen würde. Doch als Trauzeugin kann ich nicht einfach mal verschwinden.

Also setze ich ein Lächeln auf und höre mir die Toasts der Eltern an. Da ich nicht gut bei solchen Reden bin, halte ich mich zurück. Leider schaffe ich von der Hochzeitstorte des *Café Snowflakes* nur wenige Bissen, weil ich sonst befürchte, dass der Reißverschluss meines Kleides versagt. Dabei schmeckt die Buttercreme köstlich und ist nicht zu süß.

Gespannt verfolge ich das Öffnen der Geschenke – meins muss ich ihnen später geben, weil es noch im Koffer ist –, spüre aber immer wieder Ryans und Bens Blicke auf mir. So habe ich mir diesen Tag definitiv nicht vorgestellt.

Zum Glück folgt nun der Eröffnungstanz. Henry und Yasmin legen mit einem romantischen Walzer los und nach und nach folgen ihre Eltern.

Dass ich nun allein mit Ben und Ryan am Tisch sitze, macht die Situation gleich unangenehmer. Wir drei schweigen uns an. Deswegen bestelle ich mir einen Rotwein, der viel zu schnell leer wird. Also ordere ich ein zweites Glas. Und ein drittes.

Yasmin befreit mich nach einiger Zeit aus der misslichen Lage, weil sie zur Toilette muss. Nur leider haben wir dieses Mal keine Dusche, die ich aufdrehen kann. Dementsprechend sind wir lange in den Waschräumen.

»Alles okay bei dir?«, fragt Yasmin, als sie sich schließlich die Hände wäscht und ihr Make-up auffrischt.

»Sicher«, piepse ich und merke selbst, wie schrill meine Stimme klingt.

»Ryan sieht in seinem Anzug zum Anbeißen aus, findest du nicht?«

Ich stemme die Hände in die Hüften. »Du bist jetzt verheiratet und solltest nicht für meinen Ex-Freund schwärmen.«

Yasmin verdreht die Augen. »So meinte ich das nicht. Ich wollte nur das Gespräch auf ihn lenken.«

»Ach so.«

Grinsend dreht sie sich um. »Also – wie läuft es?«

»Na ja. Wir haben uns vorhin kurz unterhalten, aber nicht über uns. Das Thema haben wir geschickt umschifft.«

»Ihr solltet die Chance nutzen, um euch auszusprechen.«

»Wie gesagt, dafür wird *ein* Gespräch nicht reichen. Du hast sicher bemerkt, dass er nicht mehr der Mann ist, in den ich mich damals verliebt habe. Selbst wenn ich irgendwann schaffe, ihm zu vergeben, heißt das nicht, dass wir wieder zusammenkommen.«

»Du hast dich auch verändert.«

»Acht Jahre sind eben eine lange Zeit.«

»Ihr sollt ja nichts überstürzen, aber wirf nicht gleich das Handtuch, hm?«

»Versprochen. Nur Ben tut mir leid. Er hat sich Hoffnungen gemacht und plötzlich taucht mein Ex auf.«

Yasmin schluckt geräuschvoll. »Er wird darüber hinwegkommen. Außerdem bedeutet ein Date nicht, dass man sich verliebt und heiratet. Das weiß auch Ben.«

»Und wie fühlt man sich so als verheiratete Frau?«, frage ich lächelnd, um das Thema zu wechseln.

Sie blinzelt kurz verwirrt, doch dann grinst sie. »Ehrlich gesagt nicht anders als vorher. Es hat sich nichts geändert, außer dass Henry jetzt mein Mann ist. Lieben tue ich ihn so oder so über alles. Aber vielleicht fühlt es sich erst in ein paar Tagen anders an …« Ihr Grinsen wird breiter. »Er ist *mein* Mann, Amber. Wow. Das klingt irgendwie gut, wenn ich das laut sage.«

»Ich freue mich riesig für euch beide«, murmle ich und ziehe Yasmin in eine Umarmung.

»Danke für alles, Amber.«

»Für dich doch immer.«

»Und wenn du heiratest, bin ich auch an deiner Seite und unterstütze dich.«

Ich weiß nicht, was ich darauf erwidern soll.

Nachdem wir uns voneinander gelöst haben, treten wir gefühlt eine Stunde später aus den Waschräumen. Aufgeregte Stimmen alarmieren mich. Henrys Dad läuft im Raum auf und ab, Ben redet auf Gloria ein, die sich die Haare rauft.

»Was ist los?«, frage ich in die Runde.

Erst jetzt bemerken sie uns.

»Es wurde ein Schneesturm angekündigt«, antwortet Ryan, allerdings wirkt er nicht beunruhigt.

»Wir sollten sofort abreisen, sonst kommen wir morgen nicht mehr hier weg«, fügt Henry hinzu.

»Was? Nein! Auf keinen Fall beenden wir die Hochzeitsfeier wegen eines Schneesturms. Vielleicht wird es nicht so schlimm und wir brechen umsonst in Panik aus.« Yasmin spricht mit jedem Wort lauter. »Ich lasse mir den schönsten Tag meines Lebens nicht wegen etwas Schnee und Wind verderben.« Um ihre Aussage zu unterstreichen, stampft sie mit dem Fuß auf.

Henrys Blick fliegt unsicher zwischen seiner Frau und mir hin und her. Sein Zwiespalt ist deutlich spürbar. »Aber unsere Zimmer im B&B sind nur bis morgen gebucht. Wo sollen wir übernachten, wenn wir nicht wegkommen?«

Wildes Gerede erfüllt den Raum und ich schaffe es nicht, den Gesprächen zu folgen. Wahrscheinlich war der Rotwein etwas zu viel des Guten. Ich trinke schließlich selten.

»Hört mal«, erhebt Ryan die Stimme. »Um diese Zeit geht kein Flug mehr nach Anchorage. Und mit dem Auto ist es zu gefährlich. Abgesehen davon haben die meisten Alkohol getrunken. Also ist es besser, wenn ihr in North Pole bleibt und abwartet. In meinem Haus habe ich genug Platz. Ihr seid herzlich eingeladen.«

Nun wird gemurmelt, aber nach kurzer Zeit nicken alle – bis auf Ben und ich. Mit gerunzelter Stirn sehe ich aus dem Fenster. Obwohl es dunkel ist und sich die Beleuchtung in der Scheibe reflektiert, kann ich die ersten dicken Schneeflocken ausmachen, die durch die Luft peitschen.

»Das ist die beste Lösung. Danke, Ryan«, sagt Gloria.

»Gern.« Er schaut zu mir. »Dann lasst uns den restlichen Abend genießen.«

Die Eltern klatschen und die Musik setzt wieder ein.

Immer noch die Augen auf mich gerichtet, kommt Ryan auf mich zu. Ich möchte wegsehen, schaffe es aber nicht. Sein Blick hält mich gefangen. Ein warmer Schauer rieselt über meinen Rücken, als Ryan vor mir steht. Er ist mir so nah, dass ich die goldenen Sprenkel in seinen Augen erkenne.

»Möchtest du tanzen?«

»Du weißt doch, dass ich es nicht kann«, hauche ich.

»Dann sind wir schon zwei.« Er zwinkert mir zu und greift nach meiner Hand.

Ohne Widerrede lasse ich mich von ihm zur Tanzfläche führen. Dabei spüre ich unsere Berührung überdeutlich. Damals hat es sich immer so angefühlt, als würden heiße Wellen durch meinen Körper rasen, die mir eine Gänsehaut bescheren. Und nun ist das vertraute Gefühl zurück.

Mitten im Raum stoppt Ryan abrupt, schiebt beide Hände auf meinen Rücken und drückt mich an sich. Ich halte kurz den Atem an, als ich mich an Ryans Körper schmiege. Er fühlt sich nicht mehr so hart und durchtrainiert an, eher weicher.

Mein Herz flattert, während ich langsam meine Arme um seine Hüften lege und die Wange an Ryans Schulter bette. Er duftet genauso wie früher. Nach Schnee und einem Hauch Duschgel, das mich ans Meer erinnert. Ryan vergräbt das Gesicht in meinen Haaren und ich könnte schwören, dass er an mir riecht.

Wir bewegen uns kaum. Ich höre die Musik nicht mehr. Da ist nur dieses gleichmäßige Bum-Bum in Ryans Brust, dass immer schneller und lauter wird.

Oder ist es mein Herz, das rast?

Kapitel 9

Ryan

Mit jedem Atemzug zittert Amber immer mehr und presst sich dichter an mich. Ich gebe ihr einen Kuss auf die Stirn. Als meine Lippen ihre Haut berühren, ergreift mich eine tiefe Sehnsucht nach ihr. Es ist viel zu lange her, dass ich Amber in meinen Armen gehalten habe. Am liebsten würde ich sie niemals wieder loslassen.

Und die Tatsache, dass ein Schneesturm ihre Abreise verhindert, macht mich gerade zum glücklichsten Mann auf der Welt. So habe ich die Möglichkeit, mehr Zeit mit Amber zu verbringen. Vielleicht reicht sie, um mit ihr das Gespräch zu führen, das viel zu lange fällig ist. Und natürlich habe ich weiterhin die Hoffnung, sie würde mir vergeben.

Als der Song zu Ende ist, bewegen wir uns trotzdem ganz langsam weiter. Amber hebt den Kopf und sieht mich an. All der Schmerz, die Verzweiflung und Angst liegen in ihrem Blick. Auch Tränen schimmern in ihren Augen.

»Ich habe dich so unendlich vermisst«, flüstere ich, während ihr Atem sanft über meine Haut streicht.

Sie schließt kurz die Lider und schluckt geräuschvoll. Tränen quellen durch ihre Wimpern und ich küsse sie weg. Das Schluchzen, das aus Ambers Kehle steigt, zerreißt mir das Herz. All das, was ich ihr gestern Abend gesagt habe, meine ich ernst. Es war ein riesiger Fehler, dass ich mich von ihr getrennt habe.

Als sie die Augen öffnet, schimmern sie voller Wärme. Auf diese Art und Weise sah sie mich an, kurz bevor wir uns das erste Mal küssten. An diesem Tag ging es mir besonders schlecht, weil sich meine Eltern angebrüllt und mit Gegenständen nacheinander geworfen hatten.

Also hatte ich mich zu Joshua geschlichen, um dort zu übernachten – wie einige Male zuvor. Ich schlief schon eine Weile auf der Couch, bis Amber in die Küche tapste, um etwas zu trinken.

Sie setzte sich neben mich und wir redeten die ganze Nacht. Dabei rückten wir immer näher zueinander, bis ich sie in meine Arme zog. Obwohl ich zu dieser Zeit bereits in sie verliebt war, gestand ich ihr erst in diesem Moment meine Gefühle für sie.

Ich hatte Angst, weil sie gerade mal sechzehn und ich fünf Jahre älter war. Aber sie lächelte nur sanft und sah mich mit diesem Blick an, der mehr als tausend Worte sagte. Obwohl ich längst ahnte, dass Amber auch etwas für mich empfand, war ich unglaublich erleichtert und küsste sie.

Am Morgen entdeckte uns ihre Mom auf der Couch. Wir kuschelten zwar nur, dennoch warf sie mich aus dem Haus, um sich eine Woche später mit mir darüber zu unterhalten. Sie befahl mir, dass ich mich von ihrer Tochter fernhielt. Ich verstand sie, schließlich war Amber minderjährig und ich erwachsen.

Aber Amber wollte es nicht verstehen und ich konnte nicht aufhören, sie zu lieben. Wir trafen uns heimlich und nach einigen Wochen war ich mir sicher, dass das mit uns etwas Ernstes war.

Deswegen suchte ich noch einmal das Gespräch mit ihrer Mom. Ich konnte ihre Zweifel nachvollziehen, aber sie hatte Angst, ihre Tochter zu verlieren, und ließ deshalb unsere Beziehung zu. Natürlich nicht ohne haufenweise Auflagen, an die wir uns halten mussten.

Das war einer der glücklichsten Tage in meinem Leben. Schon damals musste ich um Amber kämpfen und ich werde es erneut tun. Wenn Joshua mich nicht dazu gezwungen hätte, mich von seiner Schwester zu trennen, hätte ich es niemals getan.

Und jetzt kann ich nicht anders, ich senke meinen Kopf, um Amber zu spüren. Sie weicht nicht zurück, als sich unsere Nasenspitzen berühren, doch sie hat den Atem angehalten. Erst als sie mir entgegenkommt, lege ich meine Lippen auf ihre.

Mir entweicht ein sehnsüchtiger Seufzer, nachdem sie den Mund für mich geöffnet hat und ihre Zunge sanft gegen meine stößt. Amber klammert sich so fest an mich, als würde sie mich nie wieder loslassen wollen.

Ich glaube, wir tanzen nicht mehr. Läuft die Musik überhaupt noch? Keine Ahnung. Da sind nur Amber und ich. Alles andere existiert nicht mehr, ist unwichtig geworden.

Mit jedem Zungenschlag wird unser Kuss intensiver. Drängender. Das Blut rauscht durch meinen Körper, direkt in meinen Schritt. Es ist viel zu lange her, dass ich einer Frau so nahe war, dass ich Amber so nahe war.

Ich schließe meine Arme fester um ihren Körper. Immer wieder erschaudert sie, aber ich bin mir sicher, dass ihr nicht kalt ist. Ich streiche ihr über den Rücken. Auf und ab. Der Stoff unter meinen Händen kratzt, doch ich kann nicht aufhören. Ich möchte, dass dieser Kuss niemals endet.

Neben uns zerspringt Glas. Dieses Geräusch reißt uns aus der Blase und wir schauen uns um. Alle Augen sind auf uns gerichtet.

Yasmin tupft sich mit einem Taschentuch die Tränen von den Wangen, während Gloria sich mit einem verträumten Gesichtsausdruck an ihren Mann kuschelt. Der Trauzeuge hat die Arme vor der Brust verschränkt, auf dem Boden vor ihm liegt ein zerbrochenes Glas.

Amber tritt einen Schritt zurück. Und noch einen, bis sich meine Arme von ihr lösen. Dabei weiten sich ihre Augen und sie schlägt schluchzend eine Hand auf ihren Mund.

»Amber«, flüstere ich und gehe auf sie zu.

Sie schüttelt den Kopf.

Davon lasse ich mich nicht abhalten. Soll sie meine Entschlossenheit ruhig spüren! Und schon schließe ich sie erneut in meine Arme. Damit wir etwas Privatsphäre haben – denn ich bin mir der neugierigen Blicke um uns bewusst – dirigiere ich Amber zu den Waschräumen. Ohne Widerstand lässt sie es zu, klammert sich dabei an mich.

Erst als ich die Tür hinter uns geschlossen habe, gebe ich ihr die Möglichkeit zurückzuweichen, doch sie tut das Gegenteil. Amber drängt sich dichter an mich und presst ihre Lippen auf meine. Sie schlingt die Arme um meinen Nacken und küsst mich voller Sehnsucht.

»Wir … sollten … damit … aufhören«, nuschelt sie an meinem Mund, doch sie macht keine Anstalten, unseren Kuss zu beenden.

Und ich auch nicht.

Erst als sich Tränen daruntermischen, löse ich meine Lippen von ihren und lege meine Hände an ihre Wangen. Sanft streichle ich über ihre feuchte, glühende Haut.

»Ich habe dich so unendlich vermisst.«

Amber nickt kaum merklich. Ihr Brustkorb hebt und senkt sich immer noch schnell. »Trotzdem war dieser Kuss ein Fehler. Wir müssen erst reden und können nicht dort weitermachen, wo wir aufgehört haben. So funktioniert das nicht.«

»Ich weiß. Komm morgen zu mir. Wenn ein Schneesturm wütet, lasse ich den Laden sowieso zu. Dann haben wir genug Zeit, um uns auszusprechen.«

Sie lächelt flüchtig. »Okay.«

Wir sehen einander einige Atemzüge lang an, dann nehme ich meine Hände von ihren Wangen. Wir verschränken die Finger ineinander und kehren zur Hochzeitsfeier zurück. Sofort begegne ich Bens Blick. Er sieht mich an, als würde er am liebsten auf mich losgehen. Ob etwas zwischen Amber und ihm ist. Oder war?

Amber

Yasmin kommt mit energischen Schritten auf uns zu, aber ihr breites Lächeln ist eindeutig. Sie freut sich, dass Ryan und ich uns geküsst haben. Wenn sie wüsste, wie es in mir drinnen aussieht.

Meine Gefühle fahren Achterbahn. Mal wünsche ich mir nichts sehnlicher, als für immer bei Ryan zu bleiben, mal schrillen die Alarmglocken in meinem Kopf so laut, dass er kurz davor ist zu explodieren.

»Kann ich Amber für ein paar Minuten entführen?«, fragt sie an Ryan gerichtet.

»Ja. Natürlich, Yasmin.« Seine Stimme klingt heiser.

Ich werfe ihm einen unsicheren Blick zu. Er drückt kurz meine Hand und sieht mich erneut auf diese Art und Weise an, als würde ich alles für ihn sein. Seine ganze Welt. Das habe ich damals schon geliebt. Alles habe ich an ihm geliebt. Und ich habe damit nie aufgehört.

Ehe ich mich versehe, zerrt Yasmin mich zurück in die Waschräume. »Meine Blase platzt gleich«, jammert sie und tritt unruhig auf der Stelle hin und her.

»Tut mir leid.« Ich helfe ihr mit der Unterwäsche und dem Kleid.

Sofort plätschert es in der Toilette und Yasmin seufzt erleichtert.

»Schon gut. Ich wollte Ryan und dich nicht unterbrechen.«

»Wir haben sicher für ordentlich Tratsch gesorgt«, murmle ich und ziehe Klopapier von der Rolle.

»Und ob …« Sie betätigt die Spülung. »Könntest du bitte nach Ben sehen? Er sitzt allein am Tisch und trinkt. Ziemlich viel. Das tut er sonst nie. Ich habe gerade mit ihm geredet und ihm erklärt, dass Ryan dein Ex-Freund ist. Damit er versteht, was hier vor sich geht.«

Ich zupfe Yasmins Kleid zurecht. »Das ist alles meine Schuld. Ich hätte ihm gestern die komplette Wahrheit sagen müssen.«

Sie schüttelt den Kopf. »Wenn jemand daran schuld ist, dann ich. Schließlich habe ich Ben dazu ermutigt, dich nach einem Date zu fragen. Ich war diejenige, die euch verkuppeln wollte. Und dann taucht Ryan hier auf – womit ich niemals gerechnet habe – und ich dachte, es ist *die* Chance für euch. Dabei habe ich nur leider die Sache mit Ben verdrängt.«

Ich lehne mich mit dem Rücken gegen die kühlen Fliesen, während Yasmin sich frisch macht. Auch ich betrachte mich im Spiegel. Zum Glück trage ich wasserfestes Make-up, sonst würde ich sicher wie ein Zombie aussehen.

Noch immer spüre ich Ryans Lippen auf meinen, seine Berührungen, seine Sehnsucht. Ich schließe kurz die Augen, um mir die letzten Minuten mit ihm ins Gedächtnis zu rufen. Sofort vermisse ich ihn, seine Küsse, seinen vertrauten Geruch. Ich will mehr von ihm. So viel mehr als das.

Oh, diese Lippen. Unzählige Male hat er damit meine Haut geküsst, mich geschmeckt, erforscht und auf jede erdenkliche Weise besessen. Ryan hat mir zwei Dinge genommen, die ich nie wieder einem Mann geben kann – meine Jungfräulichkeit und mein Herz. Es schlägt für ihn, schon immer. Nur ist es richtig, darauf zu hören? Ryan hat es mir einmal gebrochen …

»Ich weiß, dass du dir unschlüssig bist«, holt Yasmins Stimme mich ins Hier und Jetzt. »Aber ich bin mir sicher, dass dieser Schneesturm ein weiteres Zeichen ist. So habt ihr die Möglichkeit, etwas mehr Zeit miteinander zu verbringen und euch auszusprechen, bevor wir zurückfliegen.«

»Also denkst du immer noch, es ist Schicksal, dass wir uns hier begegnet sind?«, frage ich und öffne die Augen.

Yasmin steht nun dicht vor mir und umarmt mich. »Absolut. Du weißt, ich bin deine Freundin und möchte nur das Beste für dich. Also, hör auf dein Herz.«

Als sie sich von mir löst, lächeln wir einander an.

»Tut mir leid wegen des Dramas zu deiner Hochzeit.«

Sie winkt ab. »Besser als irgendwelche Pannen. So wird es wenigstens nicht langweilig für die Gäste.«

Hitze schießt mir in die Wangen, als mir bewusst wird, dass Ryan und ich für ziemlich viel Aufmerksamkeit gesorgt haben. Ich mag es nicht, im Mittelpunkt zu stehen.

»Lass uns weiterfeiern«, sage ich und hebe einen Finger. »Aber wenn wir gerade hier sind – ich muss auch mal. Hilfst du mir mit dem Kleid?«

Kichernd deutet sie zu den Toiletten. »Wofür sind Freundinnen denn da?«

Als wir fünf Minuten später die Waschräume verlassen, tanzen die Eltern der Braut und des Bräutigams eng umschlungen zu Klavierklängen. Die Decke wird nun mit einem Teppich aus winzigen Lichtpunkten erhellt, die dem Raum eine romantische Atmosphäre verleihen. Obwohl es draußen dunkel ist, kann ich die dicken Schneeflocken durch die Luft sausen sehen. Henry und Ben sitzen am Tisch und schauen zu uns. Von Ryan fehlt jede Spur.

Meine Beine fühlen sich wie weich gekochte Makkaroni an, während wir zu den beiden Männern gehen. Als ich mich neben Ben setze, zittern meine Hände, daher verschränke ich die Finger miteinander. Mittlerweile schwitze ich so stark, dass der Stoff meines Kleides noch mehr kratzt. Ich kann es kaum erwarten, es endlich auszuziehen.

Einige Herzschläge vergehen, die sich in meinen Ohren ziemlich laut anhören, bis ich den Kopf hebe und Ben ansehe. Seine Augen sind glasig vom Alkohol.

»Ich kann verstehen, dass du sauer auf mich bist«, flüstere ich.

Er reagiert nicht, nur sein Blinzeln verrät mir, dass er mit sich kämpft.

»Wie gesagt, es liegt nicht an dir. Es ist eine Sache aus meiner Vergangenheit«, rede ich weiter. »Ryan ist mein Ex-Freund. Ich wusste nicht, dass er hier sein würde.«

Er greift nach seinem Glas, das daumenbreit mit einer bernsteinfarbenen Flüssigkeit gefüllt ist, und kippt den Inhalt hinunter. Dabei verzieht er nicht einmal das Gesicht, obwohl ich mir vorstellen kann, dass der Whiskey in seiner Kehle brennt. »Und warum habt ihr euch getrennt, wenn ihr offenbar nicht die Finger voneinander lassen könnt?« Er lallt die Worte, die Verärgerung in seiner Stimme ist deutlich.

»Weil er … Ryan war Eishockeyspieler in Vancouver. Aber jetzt spielt er nicht mehr und lebt hier.«

Ben runzelt die Stirn. »Moment mal – ist er Ryan Henderson?«

Ich nicke.

»Damit ist alles klar. Frauen stehen auf Profisportler.« Er erhebt sich so abrupt, dass der Stuhl umkippt. »Viel Glück euch zwei«, wirft er noch hinterher, bevor er den Saal verlässt.

»Sollte ich ihm hinterhergehen?«, frage ich Yasmin.

»Nein. Ich mache das. Er beruhigt sich wieder, sobald er nüchtern ist«, sagt Henry. »Du solltest aber wissen, dass er vorhin Ryan gegenüber ein paar Dinge behauptet hat.«

»Was?«

»Er hat ihm gesagt, dass ihr Zukunftspläne hättet und euch ein Doppelzimmer teilt. Daraufhin ist Ryan gegangen.« Henry erhebt sich und folgt seinem besten Freund.

Laut ausatmend lehne ich mich gegen die Stuhllehne und reibe mir die Stirn. »Jetzt fühle ich mich wie das größte Miststück auf der Welt.«

»Quatsch. Ein Miststück wärst du, wenn du dich auf beide einlassen und sie anlügen würdest. Du hast doch Henry gehört – Ben wird sich einkriegen.«

»Damit habe ich offiziell deine Hochzeitsfeier versaut.«

Sie schüttelt den Kopf, so sehr, dass sich einzelne Haarsträhnen lösen. »Noch ist der Tag nicht vorbei. Lass uns tanzen.«

Ich lache heiser. »Wie kann es sein, dass du mir nicht böse bist?«

»Weil du mir auch nicht böse wärst, falls ich in dieser Lage wäre.«

»Da hast du recht.«

Wir gesellen uns zu den anderen auf die Tanzfläche. Niemand wirft mir vorwurfsvolle Blicke zu und das erleichtert mich unglaublich. Mit Yasmin tanze ich und irgendwann fällt die Anspannung der letzten Tage von mir. Nur hin und wieder sehe ich zur Tür, in der Hoffnung, Ryan würde zurückkehren.

Kapitel 10

Ryan

Ich schiebe die letzte Ladung Schnee zum Haufen im Vorgarten und wische mir den Schweiß von der Stirn. Zwar hat es in der Nacht nicht so stark geschneit wie angekündigt, aber laut dem Wetterbericht wird es ab heute Mittag heftiger.

Den Laden lasse ich deshalb geschlossen. Weil ich nicht schlafen konnte, habe ich vorhin im Haus aufgeräumt und sauber gemacht, damit sich meine Gäste wohlfühlen. Und weil ich weiß, dass Amber Unordnung nicht mag. Sogar etwas Weihnachtsdekoration habe ich weggeräumt.

Falls meine Gäste überhaupt kommen.

Ben hat mir gestern deutlich zu verstehen gegeben, dass ich mich von Amber fernhalten soll, weil er sie datet. Ich kann nachvollziehen, wie er sich fühlt. Wenn ich sie mit einem anderen Mann sehen würde, würde ich es nicht ertragen.

Aber viel schlimmer ist die Tatsache, dass die beiden sich ein Doppelzimmer teilen und damit offenbar mehr zwischen ihnen ist. Deswegen bin ich gegangen. So durcheinander, mit all den Fragen und Gedanken im Kopf, habe ich es auf der Hochzeitsfeier keine Sekunde länger ausgehalten.

Nachdem ich den Gehweg vom Schnee befreit habe, ist mein Auto an der Reihe. Anschließend fahre ich zu Erin und Leo und helfe ihnen beim Schneeschieben. Sie scheinen zu schlafen, die Vorhänge sind geschlossen. Erst als ich fertig bin, öffnet sich die Haustür und Leo kommt im Pyjama aus dem Haus gestürmt. Zumindest trägt er seine Stiefel.

»Daddy!«

Ich gehe in die Hocke und wir umarmen uns. Damit er nicht friert, hebe ich ihn in meine Arme und trage ihn ins Haus. Erin steht mit einer Tasse Kaffee in der Hand im Flur und lächelt mich dankbar an.

»Bleibst du zum Frühstück?«, fragt Leo, als ich ihn absetze.

»Wenn deine Mom nichts dagegen hat?« Ich schaue zu Erin, die sofort nickt.

»Yippie!« Leo schlüpft aus seinen Stiefeln und rennt in die Küche.

Ich folge ihm. Gemeinsam decken wir den Tisch und unterhalten uns während des Essens. Leo ist aufgeregt, weil in zwei Tagen Santa Claus kommt. Erin fragt mich mehrmals, ob ich die beiden über die Feiertage mit zu ihren Eltern begleite, aber ich habe schweren Herzens abgelehnt. Ich möchte ihr nicht das Gefühl vermitteln, dass wir eine Familie sind.

Ich reibe mir das Knie, weil es von der vielen Bewegung höllisch schmerzt. Mittlerweile habe ich mich damit abgefunden, doch an manchen Tagen verfluche ich mich für meine Unachtsamkeit, die zum Unfall während des Spiels geführt hat.

»Alles in Ordnung?«, holt Erin mich aus den Gedanken.

»Jaja. Bleibt heute zu Hause. Wer weiß, wie schlimm der Schneesturm wird. Und falls etwas ist, ruf mich an.«

Sie nickt mit einem enttäuschten Gesichtsausdruck.

»Bauen wir einen Schneemann?«, fragt Leo und leert seine Tasse mit heißem Kakao.

Ich schaue auf die Uhr. Noch zwei Stunden, bis im *Bluebell* Check-out ist. Das sollte ich schaffen. »Klar. Putz dir die Zähne und zieh dich warm an.«

Leo springt vom Stuhl und flitzt aus der Küche. Ich helfe Erin beim Abräumen und dann gehe ich mit Leo in den Vorgarten und baue mit ihm einen Schneemann in seiner Größe. Mit Steinen und Zweigen geben wir ihm ein Gesicht und Arme. Aus dem Hausflur suchen wir einen Schal, den wir ihm um den Hals wickeln.

»Der sieht toll aus«, sagt Leo zufrieden, als er unser Werk begutachtet.

Mittlerweile schneit es stärker und ich wische mir die Flocken aus dem Gesicht. Doch meine Handschuhe sind nass und kalt, sodass es nicht hilft.

»So, Kumpel. Ich muss los. Sei schön artig. Ich rufe heute Abend vor dem Zubettgehen an, okay?«

»Ja«, haucht er und schmiegt sich an mein Bein. »Ich bin immer artig, damit Santa Claus mir meinen Wunsch erfüllt.«

Ich streiche ihm über den Kopf. Auf seiner Wollmütze haben sich dicke Eisklumpen gebildet und sein Atem kondensiert in der kalten Luft. »Dann viel Spaß bei Grandma und Grandpa.«

Leo löst sich von mir. »Und nach Weihnachten bringst du mir Eishockeyspielen bei?«

»Versprochen.«

Er strahlt über das ganze Gesicht. Nachdem ich mich von Erin und Leo verabschiedet habe, fahre ich zum Supermarkt und kaufe Lebensmittel ein, anschließend halte ich am *Bluebell*. Der Wind ist bereits stärker und die Schneeflocken klatschen gegen die Autoscheiben.

Auf dem Grundstück herrscht reger Betrieb. Gäste packen eilig ihre Koffer in die Autos. Ich bezweifle, dass sie weit kommen. Im Radio wurden zahlreiche Straßensperrungen aufgezählt und darüber informiert, dass der Flugverkehr eingestellt wurde.

Mit gesenktem Kopf laufe ich zum Eingang. Als ich die Tür öffne, schlägt mir warme Luft sowie der Duft von frisch gebackenem Weihnachtsgebäck entgegen. Heather, die Besitzerin des *Café Snowflakes*, beliefert das *Bluebell* mit ihren Köstlichkeiten. Ihr Geschäft ist gleich nebenan. Sie ist die Schwester von Victoria, die am Empfangstresen steht und die Gäste betreut.

Manche wollen wegen des Schneesturms bleiben und suchen verzweifelt nach einer Unterkunft, andere sind auf der Durchreise und kommen nicht aus North Pole weg.

Das reinste Chaos.

Dann bin ich an der Reihe. Ich erkläre Victoria, dass ich ihr acht Gäste abnehme, woraufhin sie einen erleichterten Seufzer ausstößt und sich gefühlt tausendmal bei mir bedankt. Dadurch kann sie anderen eine Unterkunft anbieten.

Nachdem sie mir die Zimmernummern der Hochzeitsgesellschaft mitgeteilt hat, klopfe ich an der ersten Tür. Es wird prompt von Yasmins Dad geöffnet.

»Ryan! Guten Morgen.«

»Guten Morgen, Immanuel. Ich wollte euch abholen.«

»Danke, mein Junge. Wir sind gleich so weit.«

»Alles klar. Ich sage den anderen Bescheid.«

Er nickt und schließt die Tür. Ich informiere Henrys Eltern, die sich nochmals für mein Angebot bedanken und wende mich dann an die nächste Zimmertür. Da die acht Gäste in vier Räumen untergebracht sind, bedeutet das wohl, dass Amber mit Ben in diesem ist – oder Henry und Yasmin.

Bevor ich anklopfe, atme ich tief durch und straffe die Schultern. Ich höre eine männliche Stimme und zwei Herzschläge später öffnet mir Ben. Er verengt sofort die Augen zu Schlitzen, als sich unsere Blicke begegnen. Ich tue so, als würde ich es nicht bemerken und sage ihm dasselbe, was ich den Eltern gesagt habe.

Er nickt mit einem brummenden Laut.

Amber kommt aus dem Badezimmer. Mein Herzschlag setzt bei ihrem Anblick für einen Moment aus. Also hat Ben die Wahrheit gesagt. Sie teilen sich das Zimmer. Ein Doppelbett. Sie haben darin zusammen geschlafen. Bei der Vorstellung schnürt sich meine Kehle zu. Ambers Haare sind frisch gewaschen. Sie trägt einen Grinch-Pullover und Jeans. Doch das unsichere

Lächeln, mit dem sie mich betrachtet, ist es, das mich durcheinanderbringt. Am liebsten würde ich sie an mich ziehen, küssen und ihr damit jeden Gedanken an Ben vertreiben.

Allerdings hat er sich wie ein Schutzschild vor Amber aufgebaut.

Amber

Sanft, aber bestimmt schiebe ich Ben zur Seite. Seit er gestern Abend mit Henry geredet hat, benimmt er sich merkwürdig. Als hätte das Gespräch mit seinem besten Freund seinen Kampfgeist geweckt.

Er scheint wild entschlossen, mich für sich zu gewinnen. Dabei habe ich ihm deutlich zu verstehen gegeben, dass es nicht dazu kommen wird.

»Guten Morgen«, murmle ich und verschränke die Finger hinter meinem Rücken, weil ich mich davon abhalten muss, Ryan anzufassen. Denn unsere Berührungen machen Dinge mit mir. Sie bringen mich regelrecht um den Verstand. Und wenn Ben direkt neben mir steht, möchte ich diesen Zustand nicht heraufbeschwören.

»Amber.« Ryans Stimme ist rau. In seinen Augen glaube ich dieselbe Unsicherheit zu sehen, die auch in mir tobt. »Ihr solltet euch beeilen. Draußen wird es langsam ungemütlich.«

Ich nicke. »Soll ich die anderen informieren?«

Ryan schüttelt mit zusammengepressten Lippen den Kopf. »Das übernehme ich. Wir sehen uns unten.«

Bevor ich etwas erwidern kann, schlägt Ben die Tür zu. Ich funkle ihn an, doch einen Kommentar zu seinem Verhalten spare ich mir. Wer weiß, wie schlimm der Schneesturm wird und wie lange wir in North Pole feststecken. Ohne Ryans Angebot müssten wir am Flughafen warten, bis wir zurückfliegen können.

Also packe ich schweigend meine restlichen Sachen zusammen. Zum Glück habe ich nun meinen Koffer und ausreichend Wechselkleidung. Ben trägt unser Gepäck zum Auto und ich folge ihm.

Ein eisiger Wind mit dicken Flocken peitscht mir ins Gesicht und der Schnee knirscht unter meinen Sohlen. Eigentlich müsste bald die Sonne aufgehen, doch gegen die graue Wolkendecke hat sie nicht die geringste Chance.

Die anderen warten in den beiden Mietwagen. Ich steige zu Yasmin, Henry und Ben. Die Männer sitzen vorn und fahren Ryan hinterher. Ich sehe hinaus. Schaufenster werden mit Brettern gesichert, Schnee mit schweren Maschinen zu Haufen getürmt und Weihnachtsdekoration in Sicherheit gebracht. Dennoch herrscht nirgendwo Panik.

»Alles okay?«, flüstert Yasmin mir zu, woraufhin ich mich ihr zuwende.

»Ja. Und bei euch?«

»Klar. So eine Hochzeitsnacht ist etwas Besonderes.« Vielsagend wackelt sie mit den Augenbrauen und beginnt, mir Einzelheiten zu erzählen. Natürlich leise, damit die Männer vorn im Auto nichts mitbekommen.

Ich verziehe das Gesicht. »Bitte nicht. Das will ich

auf keinen Fall hören«, jammere ich und bringe damit Yasmin zum Kichern.

Ben schaut durch den Rückspiegel zu mir und als sich unsere Blicke begegnen, sieht er schnell weg.

»Und wie war deine Nacht?«, flüstert Yasmin mir ins Ohr.

»Was denkst du denn? Ben war betrunken und hat geschnarcht. Ich habe kaum geschlafen.«

»Also habt ihr nicht geredet?« Die Art und Weise, wie sie diese Frage stellt, lässt mich aufhorchen.

»Nein. Was meinst du damit?«

Yasmin vergewissert sich, dass die Männer nicht lauschen. »Henry hat mir erzählt, was Ben gestern Abend zu ihm gesagt hat.«

»Ja? Und was?«

Sie lehnt sich zu mir herüber. »Er will um dich kämpfen.«

Mir entfährt ein genervter Seufzer, wodurch wir die Aufmerksamkeit von Henry und Ben haben. Ich tue so, als wäre nichts gewesen. Obwohl Yasmins Worte mich überrascht haben, habe ich es geahnt.

Ich kann nur hoffen, dass der Schneesturm nicht so schlimm wird und wir morgen abreisen können. Sonst könnte es schwierig werden, wenn wir alle gemeinsam bei Ryan unter einem Dach leben.

Aber möchte *ich* zurückfliegen?

Wir halten vor einem zweigeschossigen Blockhaus mit einer Veranda, das im hinteren Teil von zugeschneiten Kiefern umgeben ist. Zu den Nachbarn ist ausreichend Platz und die Weihnachtsdekoration hält sich mit zwei Lichterketten am Eingang in Grenzen. Ob Ryan extra für mich Weihnachtsschmuck abgenommen hat?

Mit unserem Gepäck folgen wir ihm zu seinem Haus. Sein Humpeln ist heute deutlich erkennbar, als hätte er starke Schmerzen. Er hat offenbar erst Schnee geschoben, dennoch liegt eine neue Schicht auf dem Gehweg.

Nachdem wir eingetreten sind und die Haustür den eisigen Wind aussperrt, kribbeln meine kalten Wangen, weil es drinnen warm ist. Die Stimmung ist angespannt, kaum jemand sagt etwas. Nur Henrys und Yasmins Eltern bedanken sich für Ryans Hilfe und drücken ihre Bewunderung für sein Haus aus.

Ich lasse meinen Blick durch die Räume schweifen, während Ryan mit den anderen die Treppe nach oben nimmt. Die Einrichtung ist minimalistisch und rustikal. Für seine Verhältnisse ist es halbwegs ordentlich, aber geputzt hat er nur grob. Bis auf einen Weihnachtsbaum gibt es kaum festliche Dekoration.

Es fühlt sich eigenartig an, hier zu sein.

Das Haus ist für einen Bewohner zu groß. So viel Platz hatten wir als Kinder nicht. Aber während seiner NHL-Zeit hat Ryan gut verdient, um sich das hier leisten zu können.

Yasmin und Henry kommen die Treppe herunter.

»Wir schlafen im Wohnzimmer«, erklärt Yasmin und steuert mit ihrem Mann die Couch an. »Meine Eltern sind im Schlafzimmer, Henrys Eltern im Gästezimmer. Für dich soll wohl ein Platz im Arbeitszimmer sein.«

»Okay.« Ich zerre meinen Koffer hoch.

Ryan kommt mir entgegen. In den Armen trägt er Decken und Kissen, die wahrscheinlich für Yasmin und Henry sind. »Ich bin gleich bei dir«, sagt er und verschwindet im Wohnzimmer.

Ich erreiche das Obergeschoss und sehe mich um. Direkt vor mir ist das Schlafzimmer, links ein Badezimmer und rechts eine verschlossene Tür. Auf der anderen Seite ist das Gästezimmer und daneben das Arbeitszimmer, das ich ansteuere. Ben zieht gerade die Schlafcouch aus, als ich eintrete. Flüchtig begegnen sich unsere Blicke.

»Du schläfst hier«, sagt er.

Bevor ich etwas erwidern kann, legt mir jemand eine Hand auf den Rücken. Ohne dass ich mich umdrehen muss, weiß ich, es ist Ryan.

Seine Berührung auskostend schließe ich kurz die Augen. Er riecht nach Schnee und Kaffee. Und nach körperlicher Anstrengung. Schon damals habe ich diesen Duft an ihm geliebt. Besonders nach seinem Training.

»Ich habe noch zwei Luftmatratzen und Schlafsäcke«, sagt Ryan und zieht seine Hand zurück. »Du bekommst die Couch. Ich schlafe hier auf dem Boden. Ben kann es sich in der Küche gemütlich machen.«

Ben gibt ein verächtliches Schnauben von sich. Die beiden liefern sich ein Blickduell, das mir einen eisigen Schauer über den Rücken jagt. Das kann mit ihnen noch heiter werden.

Erst nachdem Ben das Zimmer mit dem Schlafsack und der Matratze unter dem Arm verlassen hat, entspanne ich mich. Gemeinsam mit Ryan richte ich meinen Schlafplatz her. Doch irgendwie verhält er sich merkwürdig. Da sind keine zufälligen Berührungen, kein liebevolles Lächeln.

»Alles okay?«, frage ich.

»Ich weiß nicht. Sag du es mir.«

»Was meinst du?«

Er hebt eine Augenbraue. »Ben – was läuft da wirklich zwischen euch?«

»Nichts.«

Ryan rollt die selbstaufblasbare Luftmatratze aus. »Und warum behauptet er etwas anderes?«

»Vermutlich weil er sich Hoffnung auf mehr macht.«

»Also hat er gelogen, als er mir breit grinsend erklärt hat, dass ihr euch im *Bluebell* ein Bett teilt?«

»Nein, das stimmt. Aber es ist nichts zwischen uns passiert. Ich hatte ihm lediglich ein Date zur Hochzeitsfeier versprochen, es jedoch abgesagt, nachdem ich mit dir Eislaufen war.«

Das scheint ihn zu beruhigen, denn er nickt und breitet den Schlafsack aus.

»Ryan?«, höre ich Glorias Stimme und wende mich ihr zu. Sie steht in der Tür und lächelt ihn dankbar an.

»Ja? Wie kann ich dir helfen?«

»Ich wollte dich fragen, ob es für dich in Ordnung wäre, wenn Frances und ich uns ums Mittagessen für alle kümmern?«

»Gern. In meinem Auto sind Lebensmittel und die Gefriertruhe ist voll. Ihr findet sicher etwas.«

»Danke, mein Junge. Ohne dich wären wir gestrandet.«

»Nichts zu danken«, erwidert er und winkt ab.

»Es war wirklich pures Glück für uns. Und vor allem für Amber.« Sie versucht, zu zwinkern, doch es gelingt ihr nicht, wodurch es eher nach einer Grimasse aussieht, bevor sie das Arbeitszimmer verlässt.

Ich setze mich auf die Couch und schaue mich im Raum um. Es gibt einen Schreibtisch, ein Bücherregal und einen Schrank. An den Wänden hängen Fotos,

Poster und Trikots von den *Vancouver Canucks*. In einer Ecke hat Ryan seine Trophäen und Medaillen aufgebaut. Der Wind rüttelt am Dach und lässt die Fenster vibrieren.

Ryan schiebt seine Luftmatratze direkt vor die Couch, damit er möglichst nah bei mir liegt. »Brauchst du noch etwas?«, fragt er und nimmt neben mir Platz. So dicht, dass sich unsere Arme und Beine berühren und ich mich am liebsten an ihn kuscheln möchte.

Ich schüttle den Kopf, um kurz darauf zu nicken. »Ein kleines Vormittagsschläfchen wäre nicht schlecht. Wir haben lange gefeiert und ich bin todmüde.«

»Klar. Ruh dich aus.« Er gibt mir einen Kuss auf die Wange, der die Sehnsucht nach ihm in mir entfacht. »Ich schiebe Schnee.«

»Ich helfe dir«, sagt Ben. Mir war nicht bewusst, dass er mit vor der Brust verschränkten Armen in der Tür steht und uns beobachtet.

»Okay.« Ryan streicht mir über den Rücken, bevor er mit Ben das Arbeitszimmer verlässt.

Hoffentlich benehmen sich die beiden. Mit einem erschöpften Seufzen strecke ich mich auf der Couch aus und schließe die Augen. Schon nach wenigen Atemzügen erfasst mich eine bleierne Schwere.

Kapitel 11

Ryan

Als sich Amber auf die Seite dreht und schmatzt, schlage ich die Augen auf. Es ist dunkel und ich brauche einen Moment, um mich an die Lichtverhältnisse zu gewöhnen. Ich hebe den Arm und taste mit den Fingern nach ihr. Zuerst erwische ich die Bettdecke, dann finde ich ihren Kopf. Sanft streiche ich über ihr weiches Haar.

»Ryan?«, flüstert sie.

»Ja. Bist du wach?«

»Hm. Du auch?«

»Sieht so aus.«

Sie schluckt. »Kommst du zu mir? Mir ist kalt.«

Ich blinzle mehrmals, weil ich glaube, mich verhört zu haben. »Bist du sicher?«

»Soll ich etwa Ben fragen, ob er mich wärmt?«, zieht sie mich auf.

Garantiert nicht!

Ich schlüpfe aus dem Schlafsack und zu Amber unter die Decke. Wie selbstverständlich schmiegt sie sich an meinen Körper. Einen Arm über meine Brust, ein Bein auf meine Hüfte. Ich vergrabe mein Gesicht in ihren Haaren und atme ihren vertrauten Geruch ein.

Die ganze Nacht habe ich mir vorgestellt, wie es wäre, bei ihr auf der Couch zu liegen, obwohl sie für zwei Personen zu schmal ist. Und nun darf ich bei ihr sein.

Der gestrige Tag war so unwirklich, während der Schneesturm über North Pole gefegt ist. Ich bin es nicht gewohnt, Gäste zu haben. Nach dem Mittagessen haben wir es uns vor dem Kamin im Wohnzimmer gemütlich gemacht, geredet, gespielt und Filme angesehen. Und nach dem Abendessen ist langsam Ruhe eingekehrt und jeder hat sich in sein Zimmer zurückgezogen.

Amber war die ganze Zeit in meiner Nähe und ich habe ihre zaghaften Berührungen genossen. Wenn Ben mich nicht mit seinen Blicken erdolcht hätte, wäre es sogar richtig schön gewesen.

Ich streiche Amber über den Rücken. Nach kurzer Zeit wird ihre Atmung flacher und sie schläft wieder ein. Auch ich schließe die Augen und gebe mich diesem geborgenen Gefühl hin.

❄ ❄ ❄

Eine Zimmertür schlägt zu und Amber und ich zucken gleichzeitig zusammen.

Amber streckt sich und gähnt. »Morgen«, nuschelt sie und kuschelt sich dichter an mich heran.

»Gut geschlafen?« Ich gebe ihr einen Kuss auf die Stirn.

»So gut wie lange nicht mehr.«

»Ich auch.«

Sie lächelt und lauscht kurz. Im Haus ist schon Trubel. »Willst du aufstehen?«

»Nein. Die kommen ohne uns klar …« Ich fahre mit der Hand ihren Rücken auf und ab, woraufhin Amber wie eine Katze schnurrt. »Du?«

»Würde mir nicht im Traum einfallen.« Ihre Fingerspitzen fliegen federleicht über meine Brust. Trotz des Shirts spüre ich ihre Berührung deutlich.

Wir versinken in Schweigen, während wir einander streicheln. Das ausstehende Gespräch hängt wie eine dunkle Wolke über uns, aber es nützt nichts, wir können nicht ohne weitermachen. Amber muss die Wahrheit erfahren.

»Ich wollte mich damals nicht von dir trennen«, platzt es aus mir heraus.

Einige Atemzüge versteift Amber sich in meinen Armen. »Und warum hast du es getan?«

»Weil es Joshua und deine Mom wollten.«

Sie richtet sich abrupt auf und eine tiefe Furche entsteht zwischen ihren Augenbrauen. »*Was?*«

Ich nicke leicht. In meinem Herzen sticht es, wenn ich an diesen Tag denke, an dem die beiden mit mir geredet haben. »Sie hatten Angst, dass du die Schule abbrechen und mit zu mir ziehen würdest. Deine Mom wollte nicht, dass ich deine Zukunft zerstöre, und dein Bruder war sowieso nie damit einverstanden, als wir ein Paar wurden.«

»Also haben sie dich dazu … *gezwungen*?«, fragt sie fassungslos.

»Mehr oder weniger – ja. Ich meine, du warst minderjährig und ich erwachsen. Was hätte ich sonst tun sollen?«

»Mit mir reden?«, zischt sie.

Ich setze mich ebenfalls auf und umfasse Ambers Hände. »Und was hättest du dann getan? Du hättest erst recht die Schule geschmissen und wärst mit mir mitgekommen, oder?«

Sie presst die Lippen aufeinander. »Höchstwahrscheinlich.« Ihr Brustkorb hebt und senkt sich schneller, als ich ihre Handrücken streichle. »Ich fasse es nicht, dass sie das getan haben. Sie haben mich in all den Jahren angelogen. Wie konnten sie nur.«

»Sie wollten nur das Beste für dich. Und ein einundzwanzigjähriger Profisportler war es eben nicht.« Ich lehne meine Stirn an ihre. »Mich von dir zu trennen war das Schwerste, was ich je tun musste. Aber ich hatte keine Wahl. Es tut mir leid, Amber.«

Ihre Augen schimmern feucht. »Also war es damals gelogen, als du meintest, dass du mich nicht mehr liebst?«, murmelt sie mehr zu sich selbst als zu mir.

Dennoch nicke ich. »Ich habe nie aufgehört, dich zu lieben.«

Tränen fließen über ihre Wangen. »Ich auch nicht.« Sie schluchzt. »Dann sollte es so sein, dass wir uns hier begegnet sind.«

Zur Antwort küsse ich sie. Nur zwei Herzschläge später erwidert sie den Kuss und schlingt die Arme um meinen Nacken. Ich schiebe sie auf meinen Schoß und genieße es in vollen Zügen, sie bei mir zu haben.

»Du hast mir so sehr gefehlt«, flüstert sie an meinen Lippen, während ihre Tränen versiegen.

»Und du mir erst.« Ich beende widerwillig unseren Kuss und warte, bis wir zu Atem gekommen sind. »Es gibt da noch etwas, über das ich mit dir reden muss.«

Sie lächelt, doch ein wenig Angst spiegelt sich in ihren Augen wider. »Okay …« Amber lässt das Wort wie eine Frage klingen.

Weil ich ihr Leo nicht länger verschweigen kann, muss ich es ihr jetzt sagen. Und ich hoffe, dass ich sie dadurch nicht ein zweites Mal verliere. »Die Zeit in Vancouver war sehr aufregend. Ich habe meinen Traum gelebt und hart gearbeitet, um für mein Team die beste Leistung zu bringen. Wir waren viel unterwegs, haben Städte besucht und unsere Siege ausgiebig gefeiert.«

»Ja, das habe ich auf den Fotos im Internet gesehen. Ich habe mich sehr für deine Erfolge gefreut.«

Ich höre mich geräuschvoll schlucken. »In all den Jahren hatte ich nie eine feste Freundin, aber ich habe –«

Die Tür fliegt auf und Ben stampft ins Zimmer. Vor Schreck rutscht Amber von mir herunter und ich verstumme.

Anstatt verärgert zu sein, empfinde ich Mitleid, als ich Bens verletztem Blick begegne. Wenn ich Amber und ihn jetzt in dieser Situation erwischt hätte, wäre mein Herz gebrochen. Deswegen habe ich ihm extra einen Platz in der Küche gegeben. Aber dass er wenigstens anklopft, hätte ich schon erwartet.

»Frühstück ist fertig«, sagt er, wobei es eher wie ein Knurren klingt.

»Ben«, flüstert Amber.

»Spar dir die Erklärung.«

»Es tut mir leid.«

»Sagtest du schon mehrmals. Ich war bisher nur zu blöd, es wirklich zu verstehen.«

Ehe sie etwas erwidern kann, eilt er aus dem Arbeitszimmer und knallt die Tür hinter sich zu.

Amber seufzt und reibt sich die Stirn. »Jetzt fühle ich mich echt mies. Ich muss nachher mit ihm reden.«

»Ja, das musst du unbedingt.«

Sie beißt sich auf die Unterlippe und sieht zu mir. »Was wolltest du mir gerade sagen?«

»Später. Die anderen warten mit dem Frühstück auf uns.«

Amber

»Es war nicht in Ordnung von dir, dass du Ryan gegenüber behauptet hast, zwischen uns würde etwas laufen.«

Ben schnaubt, hält aber meinem Blick stand. »Tja, ich hatte die Hoffnung, er würde aufgeben und mir den

Weg frei machen. Immerhin ist er sicher nicht ohne Grund dein Ex-Freund.«

»Ich war sechzehn Jahre alt, als wir uns kennengelernt haben. Damals hat er mir das Herz gebrochen, weil ich dachte, ihm wäre seine NHL-Karriere wichtiger als ich. Mittlerweile sehe ich vieles anders. Ich verstehe es und habe ihm verziehen.«

»Also seid ihr wieder zusammen?«

»Sagen wir mal so: Wir sind auf dem Weg dahin.«

Er nickt. »Du bist eine tolle Frau und ganz ehrlich – ich mochte dich schon, als ich dich das erste Mal getroffen habe. Aber ich weiß auch, wann ich das Handtuch werfen muss. Tut mir leid, wie ich mich verhalten habe.«

»Schon vergessen … Können wir trotzdem Freunde bleiben?«

»Sicher. Er scheint nicht verkehrt zu sein. Viel Glück euch beiden.«

»Danke«, murmle ich mit einem Lächeln auf den Lippen. »Du findest auch die Liebe deines Lebens. Versprochen.«

Nachdem wir uns noch eine Weile unterhalten haben, fühle ich mich erleichtert, weil das Gespräch gut gelaufen ist. Ich ziehe mich warm an und trete vor die Haustür.

Während Ryan sein Auto freischaufelt, forme ich grinsend einen Schneeball. Als er mir kurz den Rücken zukehrt, werfe ich ihn und treffe … nicht. Mist! Leider hat Ryan den Einschlag neben sich bemerkt und dreht sich abrupt um.

Er lacht, sodass Atemwölkchen um ihn herum schweben. »Treffen kannst du immer noch nicht.«

Ich zucke mit den Schultern. »Vielleicht wollte ich das nicht?«

Ryan lacht erneut und schüttelt gleichzeitig den Kopf. Wie sehr ich sein Lachen vermisst habe. Eigentlich habe ich alles an ihm vermisst. Nur weiß ich nicht, wie ich mit dem umgehen soll, was er mir vorhin auf der Couch erzählt hat. Ich werde definitiv mit Mom und Joshua darüber sprechen müssen.

Tja, und dann?

Der Schneesturm hat North Pole nicht so stark getroffen wie angekündigt. Es könnte durchaus passieren, dass ab morgen der Flugverkehr in Fairbanks wieder aufgenommen wird. Dann fliege ich zurück nach Anchorage und Ryan bleibt hier.

»Nicht so viel grübeln«, holt er mich aus den Gedanken.

»Hat man mir das etwa angesehen?«

»Die Rauchwolken über deinem Kopf sind nicht zu übersehen«, zieht er mich auf und öffnet die Beifahrertür. »Steig ein.«

»Wohin fahren wir?«

»Zum Laden. Ich will nach dem Rechten sehen.«

Ich klopfe mir den Schnee von der Hose und den Schuhen ab, bevor ich auf den Sitz rutsche. Obwohl ich Handschuhe trage, sind meine Finger eiskalt. Zum Wärmen schiebe ich sie zwischen meine Oberschenkel. Kurz danach steigt Ryan ein, startet den Motor und fährt los.

Rechts und links neben der Straße türmen sich gewaltige Schneehaufen. Die Einwohner befreien die Gehwege und Autos von der weißen Pracht, überall herrscht ein reges Treiben. Dennoch blicke ich in fröhliche Gesichter.

Alle freuen sich auf das Weihnachtsfest und lassen sich diese Zeit nicht vom Wetter verderben.

»Woran denkst du?«, fragt Ryan.

»Daran, dass dieses Weihnachten völlig anders wird, als ich erwartet habe.«

»Was hattest du geplant?«

»Eigentlich nichts. Vielleicht ein paar Anti-Weihnachtsfilme ansehen und natürlich das Festtagsessen bei Mom. Sonst habe ich immer gearbeitet, aber aufgrund der Hochzeit habe ich Urlaub.«

»Bist du sauer auf deine Mom und deinen Bruder?«

»Irgendwie schon. Ich meine, sie haben mich all die Jahre angelogen und damals getröstet. Dabei war es ihre Schuld, dass ich traurig war, weil du mich verlassen hast.«

Er wirft mir einen flüchtigen Blick zu. »Sie lieben dich. Und deswegen wollten sie nur das Beste für dich.«

»Mag sein. Trotzdem war es falsch von ihnen.«

Wir verfallen in Schweigen und nach ein paar Minuten hält Ryan vor seinem zugeschneiten Laden.

»Wie ist das Gespräch mit Ben gelaufen?«, fragt er und schaltet den Motor aus.

»Erstaunlich gut. Er versteht es und ist nicht sauer. Wenn ich eher mit ihm offen geredet hätte, wäre er wahrscheinlich nicht so forsch zu dir gewesen.«

»Ja, es ist wichtig, zu reden und einander zu vertrauen.« Er wendet sich mir zu. »Was ich dir vorhin noch sagen wollte … Ich habe –« Das Klingeln seines Handys lässt ihn verstummen. Ryan schaut mit einem genervten Seufzen auf das Display, hält es aber so, dass ich den Namen des Anrufers darauf nicht lesen kann. »Entschuldige, da muss ich rangehen.«

Ich nicke.

Bevor Ryan das Gespräch entgegennimmt, steigt er aus und schließt die Tür. Während er telefoniert, umrundet er sein Geschäft und dadurch verliere ich ihn aus den Augen. Der Schnee ist so hoch, dass Ryan bis zu den Knien darin versinkt. Aber mit der Skihose ist er bestens ausgerüstet.

Es dauert eine Weile, bis er zum Wagen zurückkommt und einsteigt. Sein Handy hält er weiterhin in der Hand. Mit wem hat er gesprochen?

»Alles okay?«, frage ich.

»Ähm. Ja.« Er reibt sich das Knie und verzieht kaum merklich das Gesicht. Ihn so verletzlich zu sehen, bricht mir das Herz. »Es sind keine Schäden erkennbar.«

»Super. Und nun?«

»Wir besorgen Lebensmittel.« Er startet den Motor und steuert einen Supermarkt an. Seit dem Telefonat wirkt er nachdenklich, aber ich traue mich nicht, ihn nach dem Grund zu fragen.

Gemeinsam füllen wir den Einkaufskorb, schließlich brauchen wir für neun Personen einiges. Als wir danach an seinem Haus ankommen, helfen uns Henry und Yasmin beim Ausladen.

Drinnen empfängt mich der Duft von gebratenem Fleisch. Gloria und Frances kümmern sich in der Küche um das Festtagsessen und hören Weihnachtslieder. Die anderen sitzen im Wohnzimmer und sind in ein Kartenspiel vertieft. Der Weihnachtsbaum glitzert durch die Beleuchtung und das Feuer knistert im Kamin.

Obwohl der Schneesturm alles durcheinandergebracht hat, liegt eine besinnliche Stimmung in der Luft. So war es immer zu Hause, als Dad noch bei uns war.

Dad … In meinem Herzen sticht es und ich reibe mir über die Brust, in der Hoffnung, den Schmerz damit zu mildern. Leider hilft es nicht. All die Erinnerungen an ihn werden an diesen Tagen in mir so präsent, als wäre es erst gestern passiert.

Sein Kuss auf meine Stirn, um sich zu verabschieden, bevor ich extra zeitig ins Bett gegangen bin, weil ich aufgeregt war, was Santa Claus in der Nacht bringen würde. Ich habe am Fenster gewunken, als er ins Auto stieg, um zur Arbeit zu fahren. Der Garten war mit einem selbst gebauten Schneemann und einer funkelnden Tanne geschmückt.

Und dann der Morgen danach. Mom weinend in der Küche, die zwei Polizisten, ihr mitleidiger Blick, als sie mich entdeckten. Joshua hat mit mir gespielt, weil ich nicht verstanden habe, was passiert war. Dass Dad verschwunden war, dass weder sein Auto noch er gesehen wurden.

»Was ist los?« Yasmins Stimme holt mich mit einem Schlag wieder ins Hier und Jetzt. Sie legt mir einen Arm um die Schultern.

Ich blinzle mehrmals, um die Bilder aus meinem Kopf zu vertreiben. »Nichts«, krächze ich.

»Denkst du an *ihn*?«

Zur Antwort nicke ich, weil sich meine Kehle wie zugeschnürt anfühlt.

»Vielleicht ist es an der Zeit, dass du dich deiner Angst stellst, anstatt jedes Jahr Weihnachten aufs Neue zu verteufeln.«

Ich schnaube. »Leichter gesagt als getan.«

»Versuch es wenigstens. Ich bin bei dir – und Ryan auch. Wir helfen dir, damit du loslassen kannst.«

»Und wie soll ich das schaffen?«

»Zieh dich nicht zurück und genieß die Tage mit uns.«

»Das klappt niemals.« Vielsagend deute ich auf meinen Grinch-Pullover.

Yasmin nimmt ihren Arm von meinen Schultern. »Nicht so pessimistisch. Weihnachtswunder passieren immer wieder.« Sie schiebt mich ins Wohnzimmer und dreht die Lautstärke des Radios hoch. Ehe ich verstehe, was sie vorhat, tanzt sie zu *Mistletoe* von Justin Bieber. Yasmin drückt mir einen Kuss auf die Wange und grinst mich frech an, weil ich wie ein Fels vor ihr stehe. »Nun komm schon! Mach mit! Das macht Spaß! Lass die Magie in dein Herz, Eiskönigin!«

Ich verdrehe die Augen und schaue flüchtig zu Ben, der sein Kartenspiel unterbrochen hat und uns beobachtet. Er schmunzelt ein bisschen und ich kann nicht anders, als es zu erwidern.

Yasmin umfasst meine Hände und hüpft zum Song auf und ab, um mich ebenfalls zu animieren. Ich wackle lustlos mit den Hüften, damit sie nicht behaupten kann, ich würde mir keine Mühe geben.

»Na also! Und jetzt etwas mehr Schwung!«, jubelt sie und wirft die Arme in die Luft.

Mit ihrer lustigen Art schafft sie es, meine Gedanken an Dad zu vertreiben. Und nach wenigen Minuten tanzen wir kichernd zu Weihnachtsliedern durchs Wohnzimmer.

Unfassbar. Das habe ich früher gern getan, aber seit vielen Jahren nicht mehr gemacht. Es fühlt sich gut an. Befreiend. Dieses Gefühl habe ich so sehr vermisst.

Bei einer schwungvollen Drehung bemerke ich Ryan. Er steht mit vor der Brust verschränkten Armen in der

Tür und lächelt liebevoll. Sofort schlägt mein Herz schneller, aber das liegt nicht an der Bewegung vom Tanzen, sondern an ihm.

Kapitel 12

Ryan

Amber schiebt sich ein Weihnachtsplätzchen in den Mund und kaut genüsslich. Seit ich sie mit Yasmin tanzend im Wohnzimmer vorgefunden habe, lächelt sie ununterbrochen. Es ist, als hätte sich ein Schalter in ihrem Kopf umgelegt und den Grinch in ihr vertrieben. Damit beschert sie mir das schönste Weihnachten, das ich je erlebt habe. Zusammen haben wir das Mittagessen von Gloria und Frances genossen, anschließend Plätzchen gebacken und uns einen gemütlichen Nachmittag gemacht. Nun sitzen wir auf der Couch und lassen den Abend bei einem Glas Wein und Gesprächen ausklingen.

Es ist einfach perfekt und es stört niemanden, dass wir keine Geschenke haben, die wir am Morgen auspacken konnten. Die Zeit miteinander reicht uns vollkommen.

Heute Vormittag hat Amber mit Ben geredet. Vorhin hat er sich bei mir für sein Verhalten entschuldigt. Damit habe ich nicht gerechnet, aber ich bin froh, dass wir unsere kleine Fehde beendet haben. Er weiß nun über Ambers und meine Vergangenheit Bescheid und versteht, warum alles so gekommen ist.

Deswegen hat Amber sich an mich gekuschelt, ohne dass wir ein schlechtes Gewissen haben. Wenn da nicht die Tatsache wäre, dass sie morgen abreisen. Yasmin hat vor einer Stunde mit einem Mitarbeiter vom Flughafen telefoniert und alles geklärt. Ich kann verstehen, dass sie nach Hause wollen, dennoch würde ich Amber am liebsten anflehen, noch zu bleiben.

Ob es etwas bringen würde, falls ich es tue?

Nach und nach verabschieden sich die Gäste und ziehen sich in ihre Zimmer zurück. Auch Amber und ich. Als ich nach der Dusche das Arbeitszimmer betrete, liegt Amber bereits auf der Couch.

Sie hebt einladend die Decke. Ich überlege nicht lange und kuschle mich an sie. Wie auch am Morgen legt sie einen Arm und ein Bein auf mich und bettet ihren Kopf an meiner Schulter, weil wir sonst zu wenig Platz hätten.

»Das war wirklich schön heute«, murmelt sie.

»Ja. Du warst wie ausgewechselt.«

Amber nickt. »Das habe ich hauptsächlich Yasmin zu verdanken. Sie hat mir ein paar Denkanstöße gegeben. Irgendwie hat es geholfen. Ich musste danach kein einziges Mal an Dad denken.«

»Und an mir hat es nicht gelegen?«, frage ich in einem gespielt beleidigten Ton.

Kichernd drückt sie mir ihre Lippen auf die Wange. »Doch natürlich. Danke, Ryan.«

»Musst du morgen wirklich abreisen?«

Einige Atemzüge vergehen, bis Amber mir antwortet. »Eigentlich nicht. Ich habe ja wegen der Hochzeit über Weihnachten Urlaub genommen.«

»Also bleibst du?«

»Möchtest du das?«

»Ja«, sage ich und küsse sie sanft. »Bitte bleib.«

»Okay …« Ihre Fingerspitzen gleiten über meine Brust und entlocken mir ein Stöhnen. »Ich will dich.«

Allein ihre Worte machen mich hart, obwohl ich eigentlich vorhatte, mit ihr zu reden. Aber dafür ist morgen auch noch Zeit. »Ich gehöre dir.«

Mit einem verführerischen Lächeln setzt Amber sich auf meinen Schoß und zerrt mir das Shirt über den Kopf. In ihren Augen spiegelt sich dieselbe Lust wider, die ich spüre. Sie reibt mit ihrer Mitte über meine Erregung und genießt es sichtlich, wie sie mich damit um den Verstand bringt.

Ich streiche mit einer Hand durch ihr Haar, lege sie in ihren Nacken und ziehe Amber zu mir herunter, um ihren Mund zu erobern, während ich mit der anderen Hand ihren Po massiere. Ihre Zunge setzt mich in Brand. Sie schmeckt nach Schokolade und Amber. Ein kleines Wimmern entweicht ihr, als wir unseren Kuss intensivieren.

Amber gleitet federleicht über meine Brustwarzen und steigert damit mein Verlangen nach ihr. Es strömt durch meinen kompletten Körper, bis in die Zehenspitzen.

Immer wieder wechselt Amber das Tempo – mal hart und heftig, dann sanft und spielerisch. Schon damals wusste sie, wie sie mich willenlos macht.

Sie knabbert mit den Zähnen an meiner Unterlippe. Noch nie hat mich ein Kuss dermaßen berauscht. Ich will mehr. So viel mehr. Mit den Händen fahre ich unter Ambers Shirt und ziehe es ihr aus. Ihre weichen Brüste umfasse ich und knete sie, bis Amber in meinem Mund stöhnt.

»O mein Gott, du bist so wunderschön.« Klingt meine Stimme heiser?

Amber reibt sich an mir. Immer schneller, immer hingebungsvoller, ihre Fingernägel in meine Brust gekrallt. Wenn sie weiter so macht, bin ich erledigt. Ich wirble sie herum, ohne unseren Kuss zu unterbrechen, damit ich eine Hand in ihre Hose schieben kann. Ich werde zwischen ihren Beinen von Nässe empfangen und streiche sanft über ihre Klitoris, die sich geschwollen und hart anfühlt.

»Ja, genau so.« Ambers Worte gehen in einem Keuchen unter.

Ich schiebe zwei Finger in ihren Eingang und krümme sie, mit dem Handballen übe ich Druck auf ihren Kitzler aus. Zuerst gleite ich langsam herein und heraus, bis Amber sich unter mir windet und mich anfleht, ihr mehr zu geben, und ich schneller werde. Nach wenigen Stößen zittert ihr Körper und ihre Muskeln ziehen sich rhythmisch um meine Finger zusammen.

Meinen Namen stöhnend erreicht Amber ihren Höhepunkt und schaut mich mit einem zutiefst befriedigten Lächeln an. »Wow«, haucht sie außer Atem. »Das war der Wahnsinn.«

»Du hast noch viel mehr als das verdient.«

Ich betrachte sie einige Herzschläge, während jeder Schlag meine Brust mit Glück erfüllt. Doch bevor ich den Moment genießen kann, zerrt Amber sich und anschließend mir die Hose von den Beinen.

Weil ich insgeheim gehofft habe, dass wir miteinander schlafen, hatte ich vorhin bereits zwei Kondome unter meinem Kopfkissen versteckt, die ich nun hervorhole.

»Wenn da nicht jemand vorbereitet ist«, flüstert Amber und nimmt mir ein Päckchen aus der Hand. Ohne zu zögern, öffnet sie es und streift es mir über. Dabei ist sie unglaublich sanft und beißt sich auf die Unterlippe.

Dann legt sie sich auf den Rücken und spreizt die Beine für mich. Mit einem Ruck zieht sie mich auf sich. Ich positioniere mich so, dass meine Spitze an ihren Eingang stößt.

Amber kann es offenbar nicht erwarten. Sie presst die Füße gegen meinen Po und schiebt mich in sich. Stöhnend schließe ich die Augen, koste es aus, langsam in sie zu gleiten. Als ich die Lider öffne und Ambers lustverhangenen Blick auffange, küsse ich sie.

Meine Lippen wandern über ihre Wange und knabbern an ihrem Ohrläppchen. Mit der Zungenspitze gleite ich ihren Hals entlang zu ihrem Schlüsselbein, während ich mich sanft in ihr bewege und ihren Geschmack genieße.

»Ich liebe dich«, flüstere ich.

»Ich liebe dich auch, Ryan.«

Ihre Hände streichen über meinen Rücken und als ihre Fingernägel über meine Haut kratzen, intensiviere ich meine Stöße, bis da nur noch diese Wärme durch meine Adern fließt und sich mein Körper verkrampft.

Ambers Pulsieren gibt mir den Rest, sodass wir gemeinsam unter lautem Stöhnen kommen.

Amber

Ryans Lippen streichen über meine Wange. Mit einem seligen Lächeln schlage ich die Augen auf und genieße das Gefühl seiner weichen Hände, die unter mein Shirt gleiten. Auf meinem Bauch malt er kleine Kreise.

»Guten Morgen, Schlafmütze.«

Ich küsse ihn sanft. »Dir auch einen guten Morgen«, murmle ich an seiner Haut.

Am liebsten würde ich mit ihm auf der Couch bleiben, aber im Haus herrscht Aufbruchstimmung. Überall rumpelt es und reges Stimmenwirrwarr dringt zu uns. Dennoch nehme ich mir ein paar Minuten, um mit Ryan zu kuscheln. Nach unserem ersten Sex nach acht Jahren fühle ich mich, als würde ich auf einer Wolke aus Glück schweben. Das erste Mal war gefühlvoll und sanft, das zweite Mal stürmisch und intensiv. Ich habe jede einzelne Sekunde davon geliebt. Allein wenn ich daran denke, wie wahnsinnig toll es sich angefühlt hat, vibriert mein Herz.

Ich habe mir überlegt, bei meinem Chef anzufragen, ob ich den Urlaub verlängern kann, damit ich erst Anfang Januar wieder ins Büro muss. Dann hätte ich mehr Zeit mit Ryan, denn die brauchen wir. Unbedingt.

Schließlich müssen wir acht Jahre aufholen und noch einiges bereden. Wir können nicht dort weitermachen, wo wir aufgehört haben.

Nur dieses Mal wird es ein »Für immer« sein. Wir lassen uns nicht von meiner Familie auseinanderbringen. Dafür liebe ich Ryan viel zu sehr. Dennoch macht sich ein merkwürdiges Gefühl in mir breit. All das, was in North Pole passiert ist, fühlt sich wie ein Traum an. Ich habe Angst aufzuwachen und festzustellen, dass alles ein Hirngespinst war.

Nach einem letzten innigen Kuss löse ich mich widerwillig von Ryan und stehe auf, um mich anzuziehen. Er quittiert meinen Weggang mit einem genervten Stöhnen und lässt den Kopf ins Kissen sinken.

Als ich die Arbeitszimmertür öffne, um ins Badezimmer zu tapsen, kommt mir Gloria entgegen.

»Gut geschlafen, Liebes?«, fragt sie mit einem wissenden Lächeln.

Hitze steigt mir in die Wangen. Ob sie uns in der Nacht gehört hat? »Ja, sehr gut. Und ihr packt schon?«

»Wir sind sogar fertig und fahren gleich los. Aber wenn ich dich so ansehe, kommst du sicher nicht mit uns mit, oder?«

Grinsend schüttle ich den Kopf. »Ein paar Tage bleibe ich noch.«

»Das freut mich für dich. Für *euch.* Ich wünsche euch alles Glück der Welt.«

»Danke schön, Gloria.« Ich umarme sie und sie tätschelt mir liebevoll den Rücken.

»Natürlich, Liebes«, sagt sie und löst sich von mir.

Ich schließe die Arbeitszimmertür, damit Ryan uns nicht hört. »Hast du noch Zeit für eine Frage?«

»Für dich immer. Was hast du auf dem Herzen?«

»Hat Mom dir damals etwas erzählt, warum sich Ryan von mir getrennt hat?«

Ein Schatten huscht über ihr Gesicht. Sie lässt sich für ihre Antwort Zeit. Das ist für sie ungewöhnlich. »Nicht detailliert. Ich weiß nur, dass sie ihn ordentlich unter Druck gesetzt hat, damit er Schluss macht, weil du noch zu jung warst … Rede besser mit ihr darüber.«

»Das mache ich auf jeden Fall.«

Gloria streicht mir über den Arm. »Sei ihr nicht böse. Sie hat es für dich getan, weil sie nur euch beide hat.«

Ich nicke, obwohl eine spürbare Wut in meinen Magen steigt.

»Wo bleibst du denn?«, höre ich Yasmins Stimme.

Wir drehen uns um.

»Na ja, weißt du, ich bleibe noch«, erwidere ich mit einem entschuldigenden Lächeln.

Sie winkt ab. »Das wusste ich schon längst. Ich meinte Mom.«

»Aber woher? Ich habe es dir nicht gesagt.«

Yasmin stemmt gespielt empört die Hände in die Hüften. »Also hör mal. Ich bin deine beste Freundin. Manche Dinge weiß ich, auch wenn du nie mit mir darüber sprichst.«

Kichernd verdrehe ich die Augen und ziehe Yasmin in meine Arme. »Kommt gut nach Hause und habt schöne Flitterwochen.«

»Danke. Und denk dran – du hast den Brautstrauß gefangen.« Vielsagend wackelt sie mit den Augenbrauen.

»Jetzt macht euch los, damit ihr den Flug nicht verpasst.« Ich löse mich von ihr und wedle mit den Händen, als würde ich Hühner herumscheuchen.

Lachend nehmen wir die Treppe nach unten. Während ich ihnen bei den letzten Vorbereitungen helfe, gesellt Ryan sich zu uns. Anschließend verabschieden die Gäste sich von uns. Wir stellen uns kurz auf die Veranda und winken, doch es ist eisig, sodass wir schnell ins Haus flüchten.

»Und nun?«, murmle ich und schmiege mich an Ryans Brust.

Wie selbstverständlich legt er die Arme um meinen Rücken und gibt mir einen Kuss auf die Stirn. »Ich mache uns Frühstück.«

»Frühstück im Bett?«

»Klar. Das wollte ich heute nur im Notfall verlassen.«

Ich stelle mich auf die Zehenspitzen und drücke ihm meine Lippen auf den Mund. Es zieht sehnsüchtig zwischen meinen Beinen und ich kann es kaum erwarten, ihn in mir zu spüren. »Klingt nach einem perfekten Plan.«

»Das sehe ich auch so … Und ich muss nachher noch etwas mit dir bereden.« Er gibt mir einen Klaps auf den Po. Ich quieke vergnügt und renne die Treppe hoch, um das Bett im Schlafzimmer neu zu beziehen. In der Küche höre ich Ryan hantieren. Es fühlt sich wie früher an. Da brachte er mir immer das Frühstück ans Bett, wenn er bei mir übernachtet hatte.

Nachdem ich fertig bin, schreibe ich meinem Boss eine E-Mail und bitte ihn um einen verlängerten Urlaub. Obwohl ich kaum welchen nehme, habe ich ein schlechtes Gewissen. Hoffentlich wirkt sich mein Antrag nicht negativ auf meine Beförderung aus.

Wobei – brauche ich sie noch? Wie geht es mit Ryan und mir weiter? Wahrscheinlich will er darüber gleich mit mir reden …

Anschließend sende ich Mom und Joshua eine Nachricht. Ich erwähne den Grund nicht, warum ich länger in North Pole bleibe. Das möchte ich lieber persönlich mit ihnen besprechen.

Gerade als ich mein Handy in die Handtasche packe, kommt Ryan mit einem Tablett herein. Sofort verbreitet sich der Duft von frisch gebrühtem Kaffee, Rührei und Speck. Wie auf Kommando knurrt mein Magen. Ich setze mich auf, während Ryan das Frühstück vor mir auf der Matratze abstellt.

»Leider kann ich dir nicht mehr bieten. Die Vorräte sind in den beiden Tagen sehr geschrumpft«, sagt er und nimmt neben mir Platz. Er fährt sich mit der Hand durch sein Haar und streicht eine Strähne nach hinten, die ihm in die Stirn gefallen ist. Dieser Frisch-aus-dem-Bett-Look hat ihn früher schon so unglaublich attraktiv wirken lassen.

Ich verziehe einen Mundwinkel. »Tut mir leid. Aber wir werden uns für deine Gastfreundschaft definitiv noch erkenntlich zeigen.«

»Ach was. So ein tolles Weihnachten hatte ich seit Jahren nicht mehr. Das reicht mir vollkommen.« Er küsst mich. Seit der Hochzeit hat er sich nicht rasiert. Die Bartstoppeln lassen meine Haut prickeln.

Dann wenden wir uns dem Frühstück zu.

Nachdem ich am Kaffee genippt habe, frage ich: »Wie lange wohnst du schon hier?«

»Erst ein paar Monate«, sagt er zwischen zwei Bissen vom Speck.

Ich nehme mir Rührei, während ich meine nächste Frage im Kopf formuliere. »Hast du vor, irgendwann nach Anchorage zurückzukommen?«

Er hört mitten im Kauen auf, schluckt herunter und schaut langsam auf. In seinem Blick liegt etwas, das ich nicht deuten kann. Bedauern? »Ich kann hier nicht weg, Amber.« Er räuspert sich. »Jedenfalls nicht in den nächsten Jahren. Ich muss mich um mein Geschäft und … und … die Kinder kümmern. Und um meinen –«

Das tiefe *Ding-Dong* der Klingel lässt ihn sofort verstummen.

Ryan versteift sich und reibt sich die Stirn. »Bin gleich wieder bei dir.« Als wäre er auf der Flucht, eilt er aus dem Zimmer und öffnet die Haustür.

»Daddy!«, ruft ein Kind nur einen Augenblick später.

Mein Herz schlägt so schnell, dass das Blut in meinen Ohren rauscht. Dennoch fange ich Gesprächsfetzen auf. Ryan, die Stimme einer Frau und das fröhliche Geplapper eines Kindes. Mit wackeligen Beinen steige ich aus dem Bett und schleiche zur Treppe.

Ich halte den Atem an, als ich die drei im Flur entdecke. Der Junge hängt in Ryans Armen wie ein Äffchen und die Frau strahlt die beiden an.

»Er konnte es nicht erwarten. Deswegen sind wir eher zurückgekommen«, sagt sie.

Was verdammt noch mal läuft hier?

Mir steigen die Tränen in die Augen, während ich das Geschehen im Flur beobachte. In mir zerbricht etwas. Schon wieder. Dabei dachte ich nicht, dass das möglich gewesen wäre, nachdem Ryan mich bereits einmal zerstört hat.

Mit einem Mal wendet Ryan sich um und schaut zur Treppe. Direkt zu mir. In seinen Gesichtszügen spiegeln sich verschiedene Emotionen wider. Aber ich glaube, Angst überwiegt.

In Zeitlupe setzt er den Jungen ab. Und nun bemerkt mich die Frau ebenfalls.

Kapitel 13

Ryan

Amber wirkt, als würde sie jeden Augenblick in Tränen ausbrechen. Aber viel schlimmer ist die Tatsache, dass ich für ihr Gefühlschaos verantwortlich bin. Jedes Mal, wenn ich ihr von Leo erzählen wollte, wurden wir unterbrochen.

Verdammt, ich wollte ihr *gerade* von ihm erzählen. Und dann klingelt es in diesem wichtigen Moment an der Tür.

Obwohl Erin und Leo erst morgen vorbeikommen wollten, stehen sie nun im Flur.

»Dad, wer ist die Frau?«, fragt Leo und klammert sich an mein Bein.

»Das …« Meine Kehle fühlt sich mit einem Schlag eng an und ich bekomme schwer Luft. »Das ist Amber.«

Erins Blick wandert wie ein Pendel zwischen Amber und mir hin und her. Und dann tut sie etwas, das das Fass zum Überlaufen bringt: Sie schmiegt sich an meine Seite, als wären wir ein Paar. Sanft, aber bestimmt schiebe ich sie zurück. Ich möchte keine Szene vor Leo machen. Und erst recht nicht vor Amber, die weiterhin wie versteinert an der Treppe im Obergeschoss steht und zu uns herunterschaut.

»Stören wir etwa?«, fragt Erin provokativ.

»Nein, natürlich nicht«, erwidere ich automatisch.

»War Santa Claus da? Hat er ein Geschenk für mich gebracht?« Leo scheint von dem stummen Drama nichts mitzubekommen und rennt ins Wohnzimmer.

Zum Glück liegt sein Geschenk seit ein paar Tagen unter dem Weihnachtsbaum, das er nun kichernd aufreißt.

Ich wende mich an Erin. »Bleibst du bitte bei Leo? Ich muss kurz mit Amber sprechen.«

Ohne eine Antwort abzuwarten, laufe ich los, doch Erin hält mich am Arm fest. »Was soll das, Ryan? Wer ist dieses Flittchen?«

Ich schüttle ihre Hand ab. »Rede nicht so über sie. Du kennst sie nicht.«

»*Wir* haben ein Kind«, zischt sie.

»Und ich habe dir mehrmals gesagt, dass ich mich nicht um meine Vaterpflichten drücke. Aber aus dir und mir wird nie mehr werden. Weil ich Amber liebe. Schon immer.«

Ihr entgleiten die Gesichtszüge. Mir ist bewusst, dass meine Worte härter waren, als ich beabsichtigt habe, aber gerade weiß ich nicht, wo mir der Kopf steht. Zwei Stufen auf einmal nehmend gehe ich die Treppe hoch und ziehe Amber an der Hand ins Arbeitszimmer.

Ich schließe die Tür hinter uns und überlege, wie ich ihr die Situation schonend beibringen kann.

»Was ist hier los, Ryan?«, flüstert sie mit schimmernden Augen.

»Leo ist mein Sohn.«

Sie lacht humorlos auf. »Das habe ich mitbekommen.« Amber schüttelt den Kopf und läuft im Zimmer auf und ab. »Du hast eine Familie.«

»Ich bin nicht mit Erin zusammen. Sondern mit dir.«

»Ach ja? Den Eindruck habe ich nicht.«

Ich mache zwei Schritte auf sie zu, doch sie hebt abwehrend die Hände und deutet mir mit einem warnenden Blick an, sie nicht zu berühren. »Ich weiß, das kommt überraschend und du –«

»Wie konnte ich nur so naiv sein? Während ich dir jahrelang hinterhergetrauert habe, hast du dein Leben weitergelebt. Natürlich hast du das. Warum auch nicht? Du hast nicht damit gerechnet, dass wir irgendwann wieder zusammenkommen. Sogar ich habe nicht daran geglaubt. Wahrscheinlich hast du –«

»Leo war ein Unfall«, unterbreche ich sie. »Ich habe selbst erst vor einem halben Jahr von ihm erfahren. Ich schwöre dir, dass ich keinerlei Gefühle für Erin habe. Es geht mir nur um mein Kind. Es hat bessere Eltern verdient als die, die ich hatte.«

Einen Moment ist es vollkommen still. Nur unsere schweren Atemzüge sind zu hören.

»Und wann wolltest du es mir sagen, Ryan?«, faucht Amber.

Ich raufe mir die Haare. »Schon mehrmals. Aber jedes Mal wurden wir gestört. Ich wollte es dir *gerade* sagen, als es geklingelt hat.«

Sie dreht sich abrupt um und wirft ihre Kleidung in den offen stehenden Koffer.

»Was machst du?«

»Packen.«

»Ich kann verstehen, dass du wütend auf mich bist. Aber können wir nicht erst mal in Ruhe darüber reden?«

Amber dreht sich langsam um und presst einen ihrer Grinch-Pullover an ihre Brust. »Da gibt es nichts mehr zu bereden, Ryan. Du lebst hier und dein Sohn braucht dich. Ich weiß, wie es ist, ohne seinen Dad aufzuwachsen, und ich möchte nicht, dass du zwischen ihm oder mir wählen musst.«

Ich seufze resigniert. »Mach das bitte nicht.«

»Was?«

»Gleich aufgeben. Nicht kämpfen. Wir haben uns gerade erst wiedergefunden und du gibst uns nicht die geringste Chance.«

»Und was soll ich deiner Meinung nach tun?«

»Komm mit runter zu Erin und Leo. Lerne sie kennen. Bitte. Nur fünf Minuten. Mehr verlange ich nicht.«

Sie öffnet den Mund, doch sie erwidert darauf nichts. Durch die Tür höre ich Erins und Leos Stimmen. Einen Moment sehen wir uns an und ich kann die Zerrissenheit in ihrem Blick erkennen.

»Bitte, Amber«, flüstere ich.

Mit einem genervten Stöhnen schließt sie kurz die Augen. »Na gut. Aber danach fährst du mich zum Flughafen.«

»Du willst unbedingt abreisen?«

»Ja«, sagt sie entschlossen und stürmt an mir vorbei, während sie sich mit dem Ärmel ihres Pullovers über die Wangen fährt, um die Tränenspuren wegzuwischen.

Ich folge ihr ins Wohnzimmer, in dem Leo und Erin sitzen und das Geschenk aufbauen: ein Lego-Set mit Dinosauriern. Weil Amber in einiger Entfernung stehen bleibt, lege ich eine Hand auf ihren Rücken und schiebe sie weiter.

»Hey«, murmelt sie sichtbar unbehaglich.

Erin schaut mit hochgezogenen Augenbrauen auf. »Hey.«

Ich ziehe Amber dichter an mich heran, um klarzustellen, dass ich ihr beistehe und auch, um ein klares Signal an Erin zu senden. Sie sieht uns nämlich auf eine Art und Weise an, als wäre sie kurz davor, aus der Haut zu fahren. Und ihr Temperament habe ich schon mehrmals erlebt.

»Daddy! Schau mal, was Santa Claus mir gebracht hat!«, ruft Leo und hebt einen Dinosaurier hoch.

»Toll. Hast du dir das nicht gewünscht?«

Er nickt. »Das habe ich auf meinen Wunschzettel gemalt.« Leo springt auf. »Ich bringe es in mein Zimmer und stelle sie meinen anderen Dinos vor. Kommst du mit, Daddy?«

Ich sehe kurz zu Amber, die mir mit einer kaum sichtbaren Kopfbewegung ihr Okay gibt. Zwar bin ich mir nicht sicher, ob es eine gute Idee ist, sie mit Erin allein zu lassen, aber Leo kann nicht in sein Zimmer rein, weil ich es abgeschlossen habe. »Klar.«

Gemeinsam tragen wir sein Weihnachtsgeschenk hoch, doch das mulmige Gefühl in meinem Bauch wird von Stufe zu Stufe stärker.

Amber

Ich glaube nicht, dass es Menschen gibt, die mich hassen. Bis heute. Denn Erin hasst mich eindeutig. Und ich kann sie verstehen. Sie hat mit Ryan ein Kind und wünscht sich sicher eine glückliche Familie. Dann kommt die Ex-Freundin ins Spiel und sie hat Angst, alles zu verlieren.

So würde ich jedenfalls ihren Blick deuten. Vielleicht überlegt sie auch, wie sie mich unkompliziert zur Strecke bringen kann. Doch das braucht sie nicht. In dem Moment, als ich Leo gesehen habe, wusste ich, dass alles vorbei ist. Ryan darf seinen Sohn nicht vernachlässigen. Er ist noch ein Kind und sollte seine Eltern bei sich haben.

Schließlich weiß ich, was es bedeutet, seinen Dad zu verlieren. Das möchte ich Leo auf keinen Fall antun.

»Ryan … er hat mir … nichts von euch erzählt«, stammle ich.

Erin schnaubt und stemmt die Hände in die Hüften. »Du solltest dorthin zurückkehren, wo auch immer du herkommst.«

»Keine Sorge. Das werde ich. Heute noch«, sage ich, obwohl es mir unglaublich schwerfällt, diese Worte auszusprechen. Vor zehn Minuten war ich glücklich, jetzt würde ich am liebsten alles ungeschehen machen.

Sie funkelt mich an. »Gut, dass wir uns verstehen.«

Ich nicke. »Darf ich dir eine Frage stellen?«

Erin wiegt den Kopf hin und her. »Kommt darauf an, was du wissen möchtest.«

»Na schön … Wieso weiß Ryan erst seit einem halben Jahr von Leo? Ich meine, du hast so lange gewartet, es ihm zu sagen. Warum?«

Kurz denke ich, dass sie mir nicht antwortet, doch nach einigen Sekunden sagt sie: »Weil er wegen seiner Knieverletzung nicht mehr spielen kann. So hatte er die Möglichkeit herzuziehen. Das hätte er nie getan, wenn er noch in der Mannschaft wäre.«

So ganz schlüssig finde ich ihre Erklärung nicht. »Also hast du Leo bisher allein großgezogen?«

Ihre Gesichtszüge verkrampfen sich. Offenbar habe ich einen wunden Punkt getroffen oder sie will mir irgendetwas verheimlichen. »Das war eine zweite Frage … Sag mir erst mal, woher du Ryan kennst.«

»Wir waren vor acht Jahren ein Paar.«

»Er hat nie etwas von dir erzählt. Muss ja nichts Ernstes zwischen euch gewesen sein.«

Doch war es, hätte ich beinahe gesagt. »Offenbar«, sage ich stattdessen mit einem müden Lächeln. »Ich muss jetzt packen. Bye, Erin.«

Sie nickt mir zu, während ihr Mundwinkel zuckt.

Ich wende mich ab, weil ich es nicht länger ertrage, in ihrer Nähe zu sein, und verlasse das Wohnzimmer. Wahrscheinlich macht Erin darin nun einen Freudentanz, weil sie mich erfolgreich vertrieben hat.

Mein Herz wird schwer, als ich am Kinderzimmer vorbeikomme – der Raum, der bisher verschlossen war. Ryan wollte demnach verhindern, dass ihn jemand betritt. Er albert mit Leo herum, doch ich will es nicht sehen. Es würde zu sehr schmerzen.

Mit hängendem Kopf komme ich im Arbeitszimmer an und packe meine Sachen zusammen. Währenddessen höre ich, wie Erin und Leo sich verabschieden. Ich setze mich auf die Couch und warte. Ryans Duft hängt in der Bettwäsche. Am liebsten würde ich meine Nase darin vergraben.

Ob es ihm auffallen würde, wenn ich das Kopfkissen mitnehme?

Über diese dämliche Idee schüttle ich den Kopf. Es ist aus und vorbei. Endgültig. Ich muss ihn loslassen. Das tun, was ich vor acht Jahren hätte machen sollen.

Per Handy buche ich meinen Flug um, außerdem schreibe ich meinem Chef, dass ich den Urlaubsantrag widerrufe. Kurz überlege ich, ob ich Mom informieren sollte, verwerfe den Gedanken aber schnell.

Als sich die Tür öffnet, klopft mein Herz wild in meiner Brust. Ryans Blick ist genauso reuevoll wie damals, bevor er sich von mir getrennt hatte, und treibt den Dolch tiefer in mein Innerstes.

»Kannst du mich bitte zum Flughafen bringen?«, frage ich ohne Umschweife. »Falls nicht, rufe ich mir ein Taxi.«

»Bist du sicher? Willst du nicht bleiben und mit mir darüber reden?«

»Nein. Ich habe meine Entscheidung getroffen und die wird sich nicht mehr ändern. Du kennst mich und weißt, dass es nichts bringt, weiter darüber zu diskutieren.«

»Amber«, haucht er und macht einen Schritt auf mich zu.

Wie von der Tarantel gestochen springe ich von der Couch auf. Tränen brennen in meinen Augen und ich versuche, nicht zu blinzeln, um sie nicht zu lösen. »Fährst du mich, oder soll ich ein Taxi anfordern?«

Ryan betrachtet mich fassungslos. »Also war es das jetzt mit uns? *Für immer?*«

Ein Schluchzer verlässt meine Lippen. »Ja. Kümmere dich um dein Kind. Ich wäre nur ein Störfaktor.«

Bei meiner Antwort zuckt er merklich zusammen, doch ich sehe ihm an, wie sein Widerstand bröckelt. Wortlos nimmt er meinen Koffer und trägt ihn die Treppe hinunter.

Wenige Minuten später sitzen wir im Auto. Das Schweigen zwischen uns ist ohrenbetäubend. Und mit jeder Meile, die uns näher zum Flughafen in Fairbanks bringt, wird der Druck in meinem Magen unerträglicher.

Die Winterlandschaft fliegt während der Fahrt an uns vorbei und noch immer sind die Auswirkungen des Schneesturms deutlich. An manchen Stellen türmen sich riesige Schneehaufen am Straßenrand.

Erst als wir eine halbe Stunde später halten, werden die Gedanken in meinem Kopf so laut, dass ich sie nicht mehr zurückhalten kann.

»Wie war es für dich, als du von Leo erfahren hast?«, frage ich.

Ryan schaltet den Motor aus und reibt sich die Lider. »Ich habe Erin zuerst nicht geglaubt. Soll ja vorkommen, dass Frauen so etwas behaupten, um an Geld zu kommen.«

»Und weiter?«

»Dann habe ich ein Foto von Leo gesehen«, sagt er und wendet sich mir mit dem Oberkörper zu.

»Er sieht genauso wie du aus.«

»Ja. Dadurch habe ich meine Zweifel nicht gänzlich verloren und habe zusätzlich einen Vaterschaftstest gemacht, der es bestätigt hat.«

»Warum hat sie so lange gewartet?«

Ryan runzelt die Stirn. »Habt ihr etwa darüber gesprochen?«

»Mehr oder weniger.«

»Was hat sie dir gesagt?«

»Nur dass sie Rücksicht auf deine Karriere nehmen wollte.«

»Warum interessierst du dich plötzlich dafür?«, fragt er mit einem neugierigen Klang.

»Weil ich etwas daran merkwürdig finde. Vielleicht hakst du da mal nach. Nur so als Tipp.«

Er atmet geräuschvoll aus. »Okay. Werde ich … Danke.« Ryan greift nach meiner Hand. Ich will sie ihm entziehen, doch er lässt sich nicht davon abbringen. »Ich liebe dich, Amber.«

»Ich weiß«, hauche ich und öffne die Beifahrertür. »Leb wohl, Ryan.«

Energisch ziehe ich meine Hand aus seiner und rutsche vom Sitz. Kurz habe ich die Befürchtung, Ryan würde ebenfalls aussteigen und mir den Koffer reichen oder mich sogar zum Flughafen begleiten, doch er bleibt im Auto. Ich zerre mein Gepäck über den festgetretenen Schnee.

Vor den Eingangstüren drehe ich mich um und blicke zu Ryan. Trotz der Entfernung kann ich deutlich sehen, wie er das Lenkrad mit beiden Händen umklammert. Mein Herz zersplittert noch weiter, als ich das Gebäude betrete, und dann kann ich die Tränen nicht mehr zurückhalten.

Das war es nun. Drei Tage Glück und jetzt bin ich ein Scherbenhaufen.

Kapitel 14

Amber

»Habe ich übertrieben reagiert?«, murmle ich, nachdem ich Yasmin von meinen letzten Stunden in North Pole berichtet habe.

Der Taxifahrer wirft mir regelmäßig mitleidige Blicke über den Rückspiegel zu, aber ich ignoriere ihn.

Kurz ist es still in der Leitung, dann atmet sie geräuschvoll aus. »Ich hätte wahrscheinlich genauso reagiert. Dass Ryan ein Kind hat, ist doch keine Kleinigkeit.«

»Sehe ich auch so. Es verändert schließlich alles.«

»Aber Hut ab, dass du mit der Kuh gesprochen hast.«

»Wie man es nimmt. Sie hat nur klargestellt, dass ich in *ihrem* Revier nichts zu suchen habe.«

»Ist echt heftig, wenn sie derart drauf ist, obwohl Ryan nicht an einer Beziehung mit ihr interessiert ist.«

»Du hast gehört, wie die Frauen beim Eishockeytraining geschwärmt haben«, erinnere ich sie.

»O ja … Wenn ich vorher gewusst hätte, wie das alles endet, hätte ich ihn garantiert nicht zur Hochzeit eingeladen und dich dazu gedrängt, ihm eine zweite Chance zu geben.« Sie holt tief Luft. »Verzeihst du mir, Amber?«

»Natürlich tue ich das. Du hattest ja nicht vollkommen unrecht. Ich wollte wieder mit ihm zusammen sein.«

Der Fahrer hält vor meinem Elternhaus. Im Vorgarten leuchten die beiden Tannen bunt und durch das Wohnzimmerfenster kann ich den glitzernden Weihnachtsbaum sehen.

Sie wissen nicht, dass ich eher zurück bin, und ich habe keine Ahnung, ob ich Mom und Joshua erzählen sollte, was in North Pole vorgefallen ist.

»Wenn du eine Schulter zum Ausheulen brauchst, komm vorbei, hm?«, höre ich Yasmins Stimme wie aus weiter Ferne.

»Danke für das Angebot. Aber du genießt jetzt das restliche Weihnachten als verheiratete Frau. Henry möchte dich heute sicher nicht mit deiner besten Freundin teilen.« Ich zahle mit der Kreditkarte und steige aus. »Außerdem will ich Ryan nicht mehr hinterhertrauern. Ich sehe es eher als Schlussstrich, um endlich über ihn hinwegzukommen.«

Der Fahrer hievt mein Gepäck aus dem Kofferraum. Mit den Lippen forme ich ein »Danke«. Er nickt mir zu, bevor er einsteigt und davonfährt.

»Oh! Die neue Amber gefällt mir«, flötet Yasmin.

»Das wird sich zeigen«, erwidere ich wenig begeistert und zerre meinen Koffer über den Gehweg zur Haustür. »Zuerst muss ich die restlichen Feiertage überleben.«

»Wird schon. Denk mal dran, wie viel Spaß wir gestern hatten.«

Ich verdrehe die Augen und drücke auf die Klingel. »Das war eine Ausnahmesituation«, murre ich.

»Nein. Das war der Weihnachtszauber.«

Diese besondere Magie habe ich zuletzt als Fünfjährige erlebt. Nach so vielen Jahren habe ich sie wieder gespürt. Dennoch möchte ich nicht daran denken, weil sie mich an die letzten Tage mit Ryan erinnert.

Bevor ich etwas erwidern kann, öffnet sich die Haustür. Joshua schaut mich überrascht an. »Hey.«

»Ich muss Schluss machen. Wir hören uns«, sage ich an Yasmin gerichtet und beende unser Gespräch. Es fällt mir schwer, meinem Bruder in die Augen zu sehen, jetzt wo ich weiß, was er getan hat. »Hey.« Ich schiebe mich an ihm vorbei ins Haus, wuchte meinen Koffer in eine Ecke und befreie mich von meiner Jacke und meinen Stiefeln.

Aus der Küche strömt der Duft von Weihnachtsplätzchen und Truthahn.

»Amber ist da!«, ruft Joshua.

Mom tritt aus dem Wohnzimmer. Sie trägt den Norwegerpullover, den wir ihr letztes Jahr geschenkt haben. »Das ist aber eine Überraschung. Ich dachte, du wolltest länger bleiben?«

Ich zucke die Achseln. »Kleine Planänderung.«

Sie zieht mich in ihre Arme und ihr vertrauter Geruch nach Marzipan und Orangen umhüllt mich. Sanft schiebt sie mich an den Schultern von sich. Ihr Blick fliegt über mein Gesicht. »Alles in Ordnung? Du siehst aus, als hättest du geweint.«

»Ich bin Ryan begegnet«, platzt es aus mir heraus, obwohl ich mir vorgenommen hatte, ihnen nichts davon zu erzählen.

Mom schaut flüchtig zu Joshua, der neben mir steht, und eine tiefe Furche entsteht zwischen ihren Augenbrauen. »Ach wirklich?«

»Ich weiß es. Ryan hat mit mir darüber gesprochen, was ihr getan habt.«

Sie tritt einen Schritt zurück. »Wir wollten nur das Beste für dich, Amber.«

»Trotzdem war es falsch.«

»Damals dachte ich, dass es das Richtige wäre.«

»Und jetzt?«, flüstere ich atemlos.

»Jetzt bereue ich meine Entscheidung. Ich habe …« Mom unterbricht sich, als Milford die Treppe herunterkommt. Von oben höre ich Kassidys Stimme. Sie spielt sicher mit meiner Nichte in meinem alten Kinderzimmer.

»Oh. Hallo, Amber.«

»Hey.«

Sein Blick fliegt zwischen uns dreien hin und her. »Alles okay hier?«

»Natürlich, mein Schatz.« Mom setzt ein strahlendes Lächeln auf und gibt meinem Stiefvater einen Kuss auf die Wange. »Würdest du bitte nach dem Truthahn sehen? Wir müssen kurz etwas besprechen.«

Wortlos nickt Milford und verschwindet in die Küche. Mom legt Joshua und mir je eine Hand auf den Rücken und dirigiert uns ins Wohnzimmer. Die beiden nehmen auf der Couch Platz und ich auf dem Sessel ihnen gegenüber.

»Du warst jung und das erste Mal verliebt«, beginnt Mom. »Ich dachte, es wäre keine echte Liebe und wollte nicht, dass du mit sechzehn Jahren einen Fehler machst, den du ein Leben lang bereust.«

»Wir haben es getan, um dich zu schützen«, sagt Joshua. »Schließlich war Ryan mein bester Kumpel und ich kannte ihn gut genug, um zu wissen, wie wichtig ihm seine Eishockeykarriere war.«

»Trotzdem hättet ihr diese Entscheidung nicht für mich treffen dürfen.«

Mom knetet ihre Hände und senkt den Blick. »Du hast recht. Das war falsch. Woher hätte ich wissen sollen, wie sehr dich eure Trennung mitnimmt? Ich meine, du bist nach acht Jahren immer noch nicht über ihn hinweg, triffst dich kaum mit anderen Männern und verkriechst dich hinter deinen Monitoren.«

Ich beuge mich vor und sehe beide abwechselnd an. »Weil ich ihn geliebt habe. Weil ich ihn noch immer liebe.«

»Und er dich auch?«, fragt Joshua.

»Ja. Das hat er zumindest gesagt.«

»Also seid ihr wieder zusammen?«, hakt Mom nach.

»Nein. Er hat … ein Kind. Und die Mom von dem Jungen hat mir zu verstehen gegeben, dass ich mich nicht in ihre Familie einmischen soll. Also kurz gesagt: Es ist kompliziert und ich sehe keine Zukunft für uns.«

Joshua schüttelt den Kopf. »Du kennst Ryan. Er war schon damals ein Chaot und wird sich sicher nicht geändert haben … Trotzdem wundert es mich, dass du so schnell aufgegeben hast.«

»Wie meinst du das?«

»Ihr liebt euch und er spielt kein Eishockey mehr. Und nur weil er ein Kind hat, bedeutet das nicht, dass ihr es nicht noch einmal versuchen könnt, oder?«

❄ ❄ ❄

»Schläfst du etwa?«, ruft Yasmin und skatet auf dem Eis an mir vorbei.

»Jaja«, murre ich und konzentriere mich auf meine Bewegungen.

Als ich vor einer Woche mit Ryan Schlittschuh gelaufen bin, hat er mich gehalten und dadurch habe ich mich sicher gefühlt. Nun gibt mir niemand Halt.

Ich schaue mit einem wehleidigen Blick über den zugefrorenen See. Kinder düsen kichernd an mir vorbei. Nur ich bin eine lahme Ente – und wahrscheinlich sehe ich auch so aus.

Ich nehme all meinen Mut zusammen und versuche, Yasmin einzuholen, doch bei meinem Tempo wird sie mich bald wieder überholen.

Keine Ahnung, warum sie unbedingt mit mir zu Silvester aufs Eis wollte. Irgendwie verhält sie sich komisch, seit ich zurück bin.

Vielleicht ist sie aber auch nur aufgeregt, weil nächste Woche ihre Flitterwochen beginnen. Dann sehe ich Yasmin einen Monat nicht. So lange waren wir noch nie getrennt.

»Brauchst du Hilfe?«, fragt jemand hinter mir und ich zucke zusammen. Die vertraute Stimme jagt mir einen warmen Schauer über den Rücken. Ryan!

Abrupt bremse ich und wende. Mein linkes Bein rutscht durch die schnelle Bewegung nach hinten weg und ich rudere wild mit den Armen, um mein Gleichgewicht zu finden. Doch dann packt Ryan mich an den Händen und zieht mich an sich.

»Danke«, japse ich. Erst jetzt merke ich, wie sehr mein Herz rast. Ich bringe langsam Abstand zwischen Ryan und mich, doch nur so weit, damit ich ihm in die Augen sehen kann. »Was machst du hier?«

»Ist das nicht offensichtlich?« Ein breites Grinsen erscheint in seinem Gesicht. »Ich bin hier, um dich vor einem Sturz zu bewahren.«

»Aber … aber …« Mein Gehirn fühlt sich wie Brei an.

»Und außerdem will ich mir mein Mädchen zurückholen.«

Mein Mädchen? Hat er das tatsächlich gesagt?

»Du … Ich … Was …?«

Er legt eine Hand auf meine eiskalte Wange. Seine Berührung lässt meine Haut prickeln. »Ich liebe dich, Amber. Ja, ich habe Fehler gemacht und ich werde leider hin und wieder welche machen, doch ich werde sie auch wiedergutmachen. Jeden einzelnen davon. Und wenn du mich lässt, wenn du mir noch eine Chance gibst, werde ich dir zeigen, wie sehr ich dich liebe. Denn dass wir uns in North Pole begegnet sind, ist ein Zeichen. Unsere Geschichte ist nicht zu Ende. Davon bin ich überzeugt.«

Ich blinzle mehrmals, bis ich seine Worte verarbeitet habe. »Woher wusstest du, dass ich hier bin?«

Er lacht. »Das ist deine Frage, nachdem ich dir erneut meine Liebe gestanden habe?«

»Ja«, hauche ich und nicke kaum merklich.

»Joshua hat mich über Instagram angeschrieben und mir gesagt, dass ich unverzüglich meinen Arsch nach Anchorage schwingen und seine Schwester glücklich machen soll. Falls ich das nicht tue, würde er sonst nach North Pole kommen und mich eigenhändig herschleifen … Er meinte, er müsse etwas gutmachen und möchte nicht, dass du länger leidest.«

»Also habt ihr das gemeinsam ausgeheckt?«, frage ich fassungslos und sehe mich auf dem See um. Von Yasmin fehlt jede Spur. Mal wieder. Ich sollte mal ein ernstes Wörtchen mit ihr reden.

»Ja, Amber. Deine Mom hat sich sogar bei mir entschuldigt.«

»Wirklich?«, hauche ich. »Aber was ist mit Leo und Erin?«

Ryan beugt sich vor und küsst meinen Mundwinkel. Mein Herz flattert unter seiner Berührung und völlig automatisch presse ich meinen Körper dichter an seinen. »Was Erin angeht – sie war ein One-Night-Stand. Ich habe keine Gefühle für sie und mit der Zeit wird sie das sicher akzeptieren. Leo und du seid das Wichtigste für mich.«

»Für immer?«

»Für immer.« Er hebt mich hoch, sodass die Kufen den Kontakt zum Eis verlieren.

Lächelnd lege ich meine Arme um seinen Nacken. »Ich liebe dich auch, Ryan. Und es tut mir leid, dass ich so überstürzt geflohen bin. Ich hatte einfach Panik und wusste nicht, was ich tun soll. Im Nachhinein finde ich meine Reaktion total bescheuert. Ich hätte mit dir reden müssen.«

»Von jetzt an machen wir es besser, einverstanden?«

»Einverstanden.« In meiner Brust sammelt sich so viel Glück, dass sie zum Bersten gefüllt ist. Ich kann nicht fassen, dass wir nach all dem Drama doch zusammen sein möchten. Obwohl ich nicht weiß, wie wir zukünftig unser Leben gestalten, bin ich mir absolut sicher, dass wir einen Weg finden, beieinander zu sein.

Langsam lässt Ryan mich herunter, bis ich das Eis unter den Kufen spüre. Wir halten uns fest, als würden wir uns niemals voneinander lösen wollen. Mit halb geschlossenen Lidern senkt Ryan seine Lippen auf meine und wir verlieren uns in einem innigen Kuss, der ein Feuerwerk in meinem Inneren entfacht.

Schneeflocken fallen auf meine erhitzten Wangen, als wir atemlos unseren Kuss beenden.

»Und was jetzt?«, frage ich. Obwohl Ryan mich wärmt, zittere ich am ganzen Körper.

»Wollen wir ein paar Runden drehen, bevor wir zur Silvesterparty aufbrechen?«

»Zu Yasmins und Henrys?«

»Ja. Sie haben uns eingeladen.«

»Ihr habt das hinter meinem Rücken durchgeplant?«

Er betrachtet mich entschuldigend. »Es sollte eine Überraschung werden.«

»Wärst du auch hergekommen, wenn Joshua sich nicht bei dir gemeldet hätte?«

»Natürlich. Denkst du, ich hätte dich kampflos aufgegeben? Es wäre nur schwieriger für mich geworden, dich zu finden, weil ich weder deine Handynummer noch deine Adresse habe. Aber irgendwie hätte ich es geschafft.«

Als Dank küsse ich ihn. »Und was ist mit deinem Geschäft?«

»Ist geschlossen. Ich habe mir überlegt, es zu verkaufen.«

»Warum das?«

Er zuckt mit den Schultern. »Weil ich damit überfordert bin. Ich habe mir die Führung einfacher vorgestellt.«

»Vielleicht brauchst du nur Hilfe?«

»Ich habe schon eine Angestellte.«

Seufzend verdrehe ich die Augen. »Ich meinte damit *meine* Hilfe.«

»Das klingt gut.«

Erneut küssen wir uns, doch dieses Mal liegt ein Versprechen darin. Ein Versprechen, dass es für immer sein wird. Und ein Versprechen auf mehr. Auf all das, was wir vor acht Jahren aufgegeben haben.

Ein Jahr später

Kapitel 15

Ryan

Leo reißt das Geschenkpapier auf und hebt jubelnd die schwarzen Schlittschuhe in die Höhe. Seit einem Jahr trainiere ich ihn und es wird Zeit für eine bessere Ausstattung. Vielleicht hält seine Begeisterung weiter an und er tritt irgendwann in meine Fußstapfen. Wer weiß? Als Nächstes packt er den neuen Schläger aus, der perfekt für seine Größe ist.

»Ist das nicht toll, Daddy?« Er schlingt die Arme um meinen Bauch und drückt sich an mich.

Ich streiche ihm über den Kopf. »Siehst du, Santa Claus hat deinen Wunschzettel bekommen.«

»Trotzdem hatte ich Angst, dass er mich vergisst.«

»Er vergisst niemals ein Kind«, sagt Amber und kuschelt sich auf der Couch an mich.

In ihrem Pyjama mit den vielen bunten Weihnachtsmotiven könnte man nicht vermuten, dass sie Weihnachten früher nicht gemocht – um nicht zu sagen gehasst – hat. Umso erstaunter war ich, als sie mir im Frühling erzählt hat, dass sie einen Job in der IT im Post Office von North Pole bekommen hat und zu mir ziehen wird. Sie mag die Arbeit dort sehr und hat dieses Weihnachten sogar im *Santa Claus House* geholfen, die vielen Briefe der Kinder zu beantworten.

»Jetzt musst du dein Geschenk auspacken.« Leo tippelt mit nackten Füßen zum Weihnachtsbaum und hebt ein weiteres hoch, an dem ein Anhänger mit meinem Namen baumelt. Bevor er es mir reicht, schüttelt er es und lauscht angestrengt, doch es raschelt nicht. »Was ist da drin?«

»Wir werden es gleich sehen.« Ich wackle grinsend mit den Augenbrauen und öffne es.

Es ist ein Trikot von den *Vancouver Canucks* – mit Unterschriften der Eishockeyspieler. Mir klappt der Mund auf. Obwohl ich seit fast zwei Jahren nicht mehr ein Teil der Mannschaft bin, freue ich mich riesig darüber. Es wird einen Ehrenplatz im Arbeitszimmer an der Wand bekommen. Mittlerweile bereue ich es, den Kontakt mit meinen ehemaligen Kollegen vollkommen abgebrochen zu haben.

Vielleicht ist es an der Zeit, das zu ändern?

»Danke«, flüstere ich an Amber gerichtet, die kaum merklich nickt.

Später werde ich mich bei ihr ausgiebig für diese Überraschung *bedanken*.

»Und jetzt das letzte«, verkündet Leo und reicht das Geschenk an Amber.

Sie lässt sich Zeit beim Auspacken und albert mit Leo herum. Es ist immer ein schönes Gefühl für mich, zu sehen, wie gut sich die beiden mittlerweile verstehen. Sogar Erin hat eingesehen, dass Amber und ich füreinander bestimmt sind, und seit Kurzem einen Freund.

Davor hatten wir ein längeres Gespräch, weil Amber mich auf eine Sache hingewiesen hat, die ich bisher nicht ernst genommen habe. Erin hat mir gebeichtet, dass sie in einer Beziehung war, als sie mit mir schlief. Als sie dann erfuhr, dass sie schwanger war, log sie ihren damaligen Freund an.

Erst zwei Jahre später erwähnte sie im Streit, dass Leo nicht sein Kind sei. Woraufhin er sie verließ. Dann stand sie allein mit unserem Baby da. Zwar bin ich sauer auf sie, dennoch haben wir uns mit der Erziehung von unserem Kind arrangiert.

Als Amber den Rudolf-Pullover mit der blinkenden Nase, die Elchplüschhausschuhe, die rote Wollmütze mit einer weißen Bommel und die Fleecehose mit den Weihnachtsbaummotiven hervorholt, strahlt sie über das ganze Gesicht.

Wir haben uns darauf geeinigt, uns nur Kleidungsstücke zu schenken und die Erwachsenengeschenke auszupacken, sobald wir allein sind. Ich bin gespannt, welche Überraschung Amber für mich auf Lager hat.

»Oh, toll. So was habe ich mir *schon immer* gewünscht«, gluckst sie.

Ich gebe ihr einen Kuss auf die Wange. »Frohe Weihnachten.«

»Frohe Weihnachten«, wiederholt sie grinsend.

Leo bewundert seine Schlittschuhe und in diesem Moment klingelt es an der Haustür. Er stürmt los und lässt Erin und Natanael herein. Sie holen ihn ab, damit sie die restliche Weihnachtszeit mit ihm bei den Großeltern verbringen können. Und offenbar haben sie es eilig, weil sie sich verabschieden, kaum, dass sie angekommen sind.

Ich schließe die Tür hinter ihnen und sehe aus dem Augenwinkel, wie Amber sich die Treppe hochschleicht.

»Was hast du vor?«, rufe ich ihr hinterher.

»Überraschung«, sagt sie verheißungsvoll und wackelt aufreizend mit ihrem Po. »Komm in zehn Minuten nach.«

»Und wenn ich so lange nicht mehr warten kann?«

Zur Antwort kichert sie und verschwindet im Schlafzimmer. Um die Zeit zu überbrücken, räume ich im Wohnzimmer auf. Seit Amber bei mir wohnt, achte ich mehr auf Ordnung, weil ich weiß, wie wichtig es ihr ist. Ich möchte nicht wie andere Paare enden, die sich wegen Chaos im Haus streiten.

Wir streiten uns zwar auch ab und an, dafür vertragen wir uns schnell und *diskutieren* den Rest im Bett aus. Das ist sowieso die schönste Art der Versöhnung.

Wenn Amber mir nicht mit meinem Laden helfen würde, hätte ich ihn garantiert verkauft. Durch ihre Unterstützung habe ich ein System für den Papierkram und behalte sogar halbwegs den Überblick. Seitdem macht mir die Arbeit viel mehr Spaß, aber ich weiß nicht, ob ich das ewig machen möchte. Vielleicht werde ich irgendwann eine Alternative finden.

Vor zwei Monaten habe ich einen Privatdetektiv damit beauftragt, nach Ambers Dad zu suchen. Sie weiß davon nichts und jetzt, wo ich erfahren habe, dass er lebt und eine neue Familie hat, bin ich mir unsicher, ob ich es ihr erzählen sollte.

Andererseits hat sie immer gemeint, dass die Ungewissheit das Schlimmste für sie sei. Also werde ich es ihr demnächst sagen. Wie wird sie darauf reagieren? Ob sie ihn besuchen möchte?

Ich bereite auf einem Tablett Frühstück vor, weil wir nicht dazu gekommen sind. Leo war zu aufgeregt und wollte gleich nach dem Aufstehen die Geschenke auspacken. Voll beladen nehme ich die Treppe zum Schlafzimmer.

»Machst du bitte auf?«

»Ja-jah!«, trällert Amber und öffnet die Tür.

Als mein Blick auf meine Freundin fällt, schwappt der Kaffee aus den Tassen auf das Tablett. Schnell stelle ich es auf der Kommode neben mir ab, ohne Amber aus den Augen zu lassen. Sie wippt zu einer weihnachtlichen Version von Joe Cockers *You Can Leave Your Hat On* mit den Hüften und streicht über ihr rotes Samtkostüm, dessen Rock gerade so ihren Po verdeckt.

»Miss Claus. Was machen Sie in meinem Schlafzimmer?« Hört sich meine Stimme rau an? Das ist kein Wunder, denn Amber sieht heiß aus in ihrem Kostüm. Und ihr unschuldiger Blick tut sein Übriges.

Sie legt einen Finger auf ihren Mund und schaut nachdenklich an die Decke. Dabei verrutscht die Weihnachtsmannmütze auf ihrem Kopf leicht. »Warst du ein böser oder ein artiger Junge, Ryan?«

Ich unterdrücke ein Lachen. »Natürlich ein guter.«

»Dann hast du dir ein Geschenk verdient.« Amber zupft am Gürtel über ihren Hüften und öffnet die

Schnalle. Er poltert, als er auf dem Boden aufschlägt, doch das bekomme ich nur am Rande mit.

»Ich mag Geschenke«, hauche ich und beobachte Amber, wie sie ein Bein auf die Bettkante stellt und langsam – um nicht zu sagen in Zeitlupe – den weißen Strumpf abrollt. Sie wippt währenddessen weiterhin zur Musik mit den Hüften und bringt mich damit um den Verstand. Dann folgt der zweite Strumpf und in meiner Pyjamahose wird es eng.

Amber

Ryans Adamsapfel hüpft auf und ab, als ich das Kleid abstreife und sich der samtige Stoff um meine nackten Füße ausbreitet. Mit einem verführerischen Grinsen gleite ich mit den Fingerspitzen über meinen roten BH. Dabei lasse ich Ryan nicht aus den Augen. Er genießt meinen Striptease, wie ich an der Wölbung seiner Hose unschwer erkennen kann.

Ich öffne den Verschluss und befreie meine Brüste. Anschließend streife ich den Slip ab und schleudere ihn mit einer geschmeidigen Bewegung zu Ryan, der ihn auffängt. Tanzend laufe ich auf ihn zu, schwinge dabei zum Takt der Musik meine Hüften. Als ich Ryan erreiche, packt er mich am Po und hebt mich hoch. Überrascht keuche ich und schlinge die Arme und die Beine um ihn.

Er presst seine Lippen auf meine und küsst mich stürmisch. »Das ist das beste Weihnachtsgeschenk, das ich je bekommen habe.«

»Habe ich mir auch eins verdient?«

Ryan nickt und trägt mich zum Bett. Vorsichtig lässt er mich auf die Matratze gleiten. Doch als ich nach seinen Händen greife, um ihn auf mich zu ziehen, schüttelt er den Kopf. »Warte kurz«, murmelt er und geht aus dem Schlafzimmer.

Enttäuscht schaue ich aus dem Fenster. Schneeflocken schwirren durch die Luft, es ist noch dunkel. Im Arbeitszimmer poltert es und nur wenige Sekunden später kehrt Ryan zurück. Er hat die Arme hinter seinem Rücken versteckt und schmunzelt.

»Was hast du da?«, frage ich und winde mich, um etwas erkennen zu können.

»Eigentlich wollte ich es dir später geben, aber ich denke, jetzt ist es perfekt.« Er kommt auf mich zu.

»Du machst es spannend.«

»Ich … Weißt du … Also, es ist so …«, stammelt er, während sein Blick über meinen nackten Körper wandert.

So aufgeregt habe ich ihn noch nie erlebt. Nicht einmal, als er von seinem Stipendium erfahren hat, fehlten ihm die Worte, obwohl er überglücklich darüber war. Oder ist es nur Erregung?

Ohne weiter zu überlegen, packe ich Ryan am Bund seiner Hose und zerre ihn auf mich. Er ist so überrascht, dass er beide Arme braucht, um sich abzustützen. Dabei fällt ihm ein schwarzes Stoffsäckchen aus der Hand.

»Was ist da drin?«, frage ich und hebe es auf.

»Mach es auf.«

Ich ziehe die Bänder auseinander und hole mit spitzen Fingern den Inhalt heraus. Es ist klein, hart und kalt. Ein warmer Schauer läuft über meinen Rücken, als ich den Ring zwischen Ryan und mich halte. »Ist das … ein …?«

Er nickt. »Du weißt, dass ich nicht gut in solchen Reden bin. Deswegen mache ich es kurz: Amber, ich liebe dich über alles und bin dankbar für unsere zweite Chance. Willst du mich heiraten?«

»*Wirklich?*«, flüstere ich, während mein Herz wild in meiner Brust klopft.

Ryan verdreht die Augen. »In diesem Moment sagt die Frau meistens ›Ja‹.«

Ich kichere. »Entschuldige. Es ist nur so, dass du mich damit total überrascht hast.«

»Also ist das ein Ja?«

Um ihn weiter auf die Folter zu spannen, kaue ich auf meiner Unterlippe herum. »Denke schon«, sage ich tonlos.

Als er einen resignierten Seufzer ausstößt, werfe ich hinterher: »Ja, Ryan, ich möchte dich heiraten. Natürlich will ich das.«

»Wirklich?«, zieht er mich auf.

Mein Bauch bebt vor Lachen, dennoch spüre ich das leichte Flattern darin. »Sollte ich es mir etwa anders überlegen?«

Entschlossen schiebt Ryan mir den Verlobungsring über den Finger. »Nein.« Er senkt den Kopf und küsst mich innig.

»Ich liebe dich«, hauche ich in seinen Mund und zerre ihm die Pyjamahose von den Hüften.

»Du bist und bleibst das einzig Gute in meinem Leben.« Zentimeter für Zentimeter dringt Ryan in mich ein, ohne dass wir unseren Kuss unterbrechen.

Ich presse ihn an mich und genieße die sanften Stöße, die mich alles um uns vergessen lassen. Damit ich Ryans nackte Haut auf meiner spüren kann, ziehe ich ihm den Longsleeve über den Kopf. Mit den Fingerspitzen streiche ich über seinen warmen Rücken und halte mich an ihm fest, als sich eine Welle der Lust in meiner Mitte aufbaut.

Der Ring an meiner Hand treibt mir Freudentränen in die Augen. Es ist neunzehn Jahre her, dass ich an diesem Weihnachtstag vor Kummer geweint habe, nun ist es Glück. Und ich weiß, dass es mit Ryan an meiner Seite für immer sein wird.

Ende

Rezensionen

Vielen Dank, dass du meinen Roman gelesen hast. Dir hat die Geschichte gefallen? Dann freue ich mich über eine Rezension und ein paar Worte von dir. Dein Feedback ist für mich und meine Bücher eine der wenigen Möglichkeiten, um sichtbar zu sein.

Ich danke dir von ganzem Herzen!

Newsletter

Du möchtest keine meiner Neuerscheinungen verpassen? Dann trage dich für meinen Newsletter auf autorin-lizzy-glass.de ein und erhalte alle wichtigen Neuigkeiten als einer der Ersten. Außerdem findest du mich auf Instagram (lizzy.glass.autorin) und auf Facebook (Lizzy Glass Autorin).

Ich freue mich auf deine Nachricht!

Im Anschluss findest du weitere Romane von mir sowie den exklusiven Zugang einer kostenlosen Kurzgeschichte. Auf meiner Website autorin-lizzy-glass.de erfährst du mehr über meine bisherigen Veröffentlichungen.

Deine Lizzy

Heart Rush im Yukon: Kate und Jack

Wenn man es am wenigsten erwartet, passieren die größten Wunder.

Kate hat nach unzähligen Enttäuschungen die Hoffnung auf ihren Traummann beinahe aufgegeben. Als ihre beste Freundin auch noch vor der Märchenhochzeit betrogen wird, glauben die beiden nicht mehr an ihr persönliches Happy End. Zusammen nehmen sie einen Job als Nanny im Yukon an und landen in einem abgeschiedenen Dorf voller Goldschürfer.

Jack liebt die Arbeit in den Goldminen seines besten Kumpels und Millionärs Brandon. Doch die passende Frau ist ihm bisher nicht über den Weg gelaufen. Schließlich verirren sich so gut wie nie Touristen nach Sweetriver Crossing. Und auch sonst ist die Auswahl an möglichen Freundinnen in dem kanadischen Örtchen mehr als überschaubar.

Als Leser erhältst du von mir exklusiv die Kurzgeschichte »Heart Rush im Yukon: Kate und Jack« als **kostenloses E-Book** zum Download. Du kannst es hier herunterladen: https://autorin-lizzy-glass.de/heart-rush-im-yukon-kate-und-jack/

Oder nutze den QR-Code.

Heart Rush im Yukon: Brandon und Claire

Es sollte der schönste Tag ihres Lebens werden!

Die 23-jährige Claire traut ihren Ohren nicht, als sie erfährt, dass ihr Verlobter Daniel den Tag der Trauung lieber mit einer anderen Frau verbringt. Augenblicklich zerspringt die Märchenhochzeit in Vancouver in tausend Scherben und Claires heile Welt mit ihr. Dabei waren die beiden schon seit der Uni *das* Traumpaar schlechthin.

Eines steht fest: Claire hat die Nase gestrichen voll von Männern! Um sich von ihrem Liebeskummer abzulenken, nimmt sie mit ihrer besten Freundin Kate einen Job als Nanny im Yukon an. Und plötzlich steht die Liebe mitten auf ihrem Weg – in Form des gut aussehenden Goldschürfers Brandon, der sich vor sieben Jahren in die Arbeit als Minenboss gestürzt hat, um sich von einem schweren Schicksalsschlag zu erholen.

Doch eigentlich hatte Claire sich geschworen, sich auf keinen Kerl mehr einzulassen. Und da ist auch noch Daniel, der ihr seit der Trennung unaufhörlich hinterherläuft und um Vergebung bettelt. Ein wahres Chaos der Gefühle!

Heart Rush im Yukon: Maik und Isabella

Schafft es ein Mechaniker, ein einsames Herz zu reparieren?

Maik kann es kaum erwarten, eine Familie mit seiner langjährigen Freundin London zu gründen. Doch als er von der Arbeit auf einer Bohrinsel in Norwegen zurück nach Kanada kehrt, kommt alles anders als gedacht. Der Mechaniker sucht Ablenkung und landet in einer

Goldmine im verschneiten Yukon. Er merkt bereits bei seiner Ankunft, dass es die beste Entscheidung seines Lebens war.

Nach dem Studium ist Isabella wieder in der Heimat, um den Traum einer eigenen Arztpraxis zu verwirklichen. Doch der Verlust ihres Dads lastet schwer auf ihren Schultern. Während einer Geburtstagsparty schüttet sie einem fremden Mann ihr Herz aus. Dass er am nächsten Morgen ihr Haus verlässt, bleibt im Dorf nicht unbemerkt und zieht ungeahnte Kreise. Sie versucht, dem Neuankömmling aus dem Weg zu gehen, doch das ist schwieriger, als erwartet, da er der neue Mitarbeiter ihres Bruders ist.

Heart Rush im Yukon: Avery und Mr. Right

Eine schwangere Frau auf der Suche nach der Liebe, zwei gut aussehende Männer und viel Aufruhr in einer kanadischen Goldschürfersiedlung.

Verheiratete Männer küsst man nicht! Aber was ist, wenn es trotzdem passiert und er auch noch nachts an die Tür klopft?

Avery ist hin- und hergerissen, doch Mason lässt nicht locker und das hat seine Gründe. Eine Zeit lang geben beide ihrer Leidenschaft nach – mit unerwarteten Folgen.

Dann ist da plötzlich der charmante Carter, für den Avery etwas ganz Besonderes ist. Sie ist die erste Frau, die es schafft, sein Herz schneller schlagen zu lassen. Doch ihr Geheimnis macht es den beiden nicht leicht.

Wer ist Averys Mr. Right?

Süße Winterküsse in Alaska

In ihrer Heimat erwartet Heather nichts als Probleme. Aber was, wenn es ausgerechnet dort auch die ganz großen Gefühle gibt?

Nach einem heftigen Familienstreit ist die junge Konditorin nach Seattle geflüchtet, in der Hoffnung, sich dort ihren Traum von einer eigenen Bäckerei zu erfüllen. Jahrelang hat sie nicht mit ihren Eltern gesprochen. Erst als ihre hochschwangere Schwester Hilfe mit dem familieneigenen B&B benötigt, kehrt Heather in die Kleinstadt zurück.

Die Konflikte von damals sind allerdings nicht verschwunden. Zum Glück ist da Scott, ihr Sandkastenfreund, der sie unterstützt und ihr hilft, den Zauber der Weihnachtszeit neu zu erleben. Doch gerade als sie beschließen, den nächsten Schritt zu wagen, eröffnet sich für Heather eine einmalige Möglichkeit – in Seattle.

Sie muss sich entscheiden: Soll sie für einen Weihnachtsflirt ihre Zukunft aufs Spiel setzen? Oder ist da vielleicht noch mehr?

Irish Dates:
Ein Nachbar zum Verlieben

Romantische Naschkatze trifft auf zielstrebigen Fitnessgott.

Lauren liebt Süßigkeiten, aber Sport ist nicht ihr Ding. Auf der Suche nach ihrem Traummann stürzt sie sich ins Online-Dating. Doch dann zieht ihr sexy Nachbar ein und zwischen ihm und Lauren fliegen vom ersten Moment an die Fetzen. Als er sie jedoch um ein Date bittet, ist das Gefühlschaos perfekt.

Fitnesstrainer Ashton hat trotz seines guten Aussehens kein Glück in der Liebe. Seine Freunde sind davon überzeugt, dass er sich auf die falschen Frauen einlässt. Deshalb schließen sie mit ihm eine Wette ab: Ashton soll mit seiner Nachbarin auf dreizehn Dates gehen, ohne mit ihr im Bett zu landen. Allerdings hat er nicht damit gerechnet, dass er sein Herz an sie verliert …

Forget: Mein Weg zu dir

Zwei Jahre meines Lebens sind wie ausradiert!

Mein Name ist Joanna Bishop, ich bin 26 Jahre und arbeite als Assistentin in einer Kanzlei in Seattle. Und ich bin Single – zumindest glaubte ich das. Nach einem schweren Autounfall leide ich an Amnesie.

Von einem Tag auf den anderen bin ich mit dem charmanten und attraktiven Damian Moore verheiratet. Mein neues luxuriöses Leben ist perfekt, bis ich einen versteckten Brief finde und ein furchtbares Geheimnis aufdecke. Ich flüchte nach Kanada und suche in der Abgeschiedenheit eines malerischen Küstenorts Zuflucht, in der Hoffnung, unentdeckt zu bleiben.

Doch ausgerechnet der geschiedene Diner-Besitzer Robert scheint entschlossen, mein Herz zu erobern, während ich jeden Tag mit der Angst lebe, dass Damian mich aufspürt. Denn eines weiß ich ganz sicher: Er jagt mich und wird nicht aufhören, bis er mich gefunden hat.

Rescue:
Der Weg des L(i)ebens

Hat das Schicksal einen Plan? Kann es Zufall sein, wenn sich zwei Menschen finden, die eine tiefgreifende Vergangenheit verbindet? Kann aus Trauer Liebe wachsen?

Fast vier Jahre lang schwebt Caitlin auf Wolke sieben. Matt ist die Liebe ihres Lebens! Doch nach einer folgenschweren Nacht ist nichts mehr, wie es war. Von Schuldgefühlen geplagt, zieht es die 24-Jährige in ihre abgelegene Ferienhütte. Sie ist felsenfest davon überzeugt, einen endgültigen Schlussstrich zu ziehen, denn sie hat alles verloren.

Der 29-jährige Feuerwehrmann Chester kann nach einem Schicksalsschlag seinen Beruf nicht mehr ausüben und beschließt, der Großstadt für eine Weile den Rücken zu kehren, um seinen Verlust zu verarbeiten. Zwischen den grünen Hügeln und schroffen Felsklüften der nordirischen Einöde trifft er auf die traurigsten Augen, die er je gesehen hat. Wird er es schaffen, Caitlin neuen Lebensmut zu geben?

Secret Bodyguard: Weil du mich liebst

Wie weit geht man, um die Menschen zu schützen, die man liebt?

Als der alleinstehende Bodyguard Luke vom erfolgreichen Bauunternehmer Owen für einen geheimen Auftrag angeheuert wird, ahnt er noch nicht, dass er vor der größten Herausforderung seiner Karriere steht. Während sein Auftraggeber untertaucht, soll Luke für die Sicherheit von Owens Ex-Frau Sophia und deren vier Kinder sorgen, aber ohne, dass sie etwas davon mitbekommt.

Obwohl Luke generell nichts mit Kundinnen anfängt, erklärt er sich dazu bereit, mit Sophia eine Beziehung einzugehen, um sie so unauffällig beschützen zu können. Zunächst scheint alles glattzugehen, doch dann verliebt sich Luke in Sophia und die Ereignisse überschlagen sich ...

Wohin uns die Liebe trägt

Was tust du, wenn dein Leben nicht so läuft wie erhofft? Greifst du nach dem erstbesten Strohhalm, der sich dir bietet, oder jagst du deinen Träumen hinterher?

Die 21-jährige Silvanna Bach lebt wie eine Prinzessin mit ihren Eltern in einer Villa am Rande von Berlin. Sie sehnt sich nach einem Mann, der sie über alles liebt und aus ihrem öden Leben befreit. An Liebe auf den ersten Blick glaubt sie allerdings nicht.

Sie lernt den charmanten und wohlhabenden Architekten James bei einem Geschäftsessen kennen. Er verliebt sich sofort in Silvanna und gibt ihr alles, was sie sich schon immer gewünscht hat. Ein Jahr später macht er ihr einen Heiratsantrag. Das Problem – sie liebt ihn nicht.

Bei einem Spaziergang trifft Silvanna auf den Soldaten Alexander und bekommt ihn nach einer sinnlichen Nacht nicht mehr aus dem Kopf. Er ist die Liebe ihres Lebens! Doch was wird jetzt aus James?

Ihr Verlobter will mit ihr die Hochzeit planen und redet sogar schon von Kindern, aber Silvanna ist von Liebeskummer geplagt und blockt alles ab.

Mit Alexander reist sie nach Schottland, wo der mürrische Aidan ihre Gefühlswelt noch mal völlig auf den Kopf stellt. Der heiße Nachbar sieht aus wie ein richtiger Highlander und hat ein Auge auf sie geworfen.

Für wen wird sie sich entscheiden? Oder muss sie das nicht?

Schicksal auf Umwegen

Wenn das Schicksal seine Finger im Spiel hat.

Der skandalträchtige Architekt James hat nur Partys und Frauen im Kopf. Ausgerechnet wegen einer durchzechten Nacht verliert er einen bedeutenden Auftrag. Sein Chef und Vater droht ihm mit der Kündigung, wenn er seinen Lebensstil nicht ändert.

James lernt Silvanna, die Tochter eines Geschäftspartners, kennen und verliebt sich sofort in sie. Er ist davon überzeugt, die Frau gefunden zu haben, mit der er sein restliches Leben verbringen wird.

Aya wartet vergeblich auf einen Heiratsantrag von ihrem langjährigen Freund Ollie. Sogar ihre beste Freundin Hailey wird bald in den Hafen der Ehe einlaufen. Schon als Kind träumte Aya von einer Familie. Allerdings dachte sie damals, sie würde ihren Jugendschwarm Theo heiraten.

Als Ollie plötzlich verschwindet, gerät ihre Welt aus den Fugen. Und dann läuft ihr auch noch ständig dieser fremde Kerl über den Weg und bringt sie regelrecht auf die Palme. Selbst der Hund Odin scheint einen Narren an ihm gefressen zu haben.

Zwei Herzen und Lucky

Was kann zwei einsame Seelen besser vereinen, als ein verloren geglaubtes Herz?

Sean McKenzie hat Glück im Unglück. Dank einer Herztransplantation erhält der erfolgreiche Geschäftsmann eine zweite Chance, trotzdem bleibt die Freude darüber aus. Er beschließt, die Angehörigen des Spenders ausfindig zu machen und mehr über den Menschen zu erfahren, dem er sein neues Leben verdankt.

Doch das Aufeinandertreffen mit Hailey, der Frau des Verstorbenen, verläuft anders, als er es sich vorgestellt hat. Sean findet nicht den Mut, ihr den Grund für seinen Besuch zu gestehen. Spontan bewirbt er sich bei ihr, denn die alleinerziehende Tierärztin leitet einen Bauernhof in Schottland und sucht dringend Mitarbeiter.

Obwohl sich Hailey anfangs abweisend verhält, hilft Sean ihr auf der Farm, in der Hoffnung, mehr über den Spender herauszufinden. Wie wird sie reagieren, wenn sie erfährt, dass das Herz ihres Mannes in seiner Brust schlägt?

No Questions – No Feelings

Können sich zwei gebrochene Seelen zu einer zusammenfügen? Zerstören oder heilen sie einander?

Mit neun Jahren hat die mittlerweile 22-jährige Emma ihre Eltern bei einem Unfall verloren und wurde bei einem Onkel untergebracht. Um ihrer persönlichen Hölle zu entfliehen, ist sie in New York untergetaucht. An der Uni lernt sie Christian kennen. Seine Liebe lässt Emma nach und nach die qualvolle Vergangenheit vergessen und das Leben mit ihm genießen.

Doch dann taucht sein geheimnisvoller Stiefbruder Rick auf. Dessen dunkle Art zieht Emma sofort in ihren Bann, genauso wie die Finsternis in seinen Augen.

Was ist ihm zugestoßen? Warum kann er nicht lachen und scheint sich hinter einer immer gleichen Maske zu verstecken?

Rezept Weihnachtsplätzchen

Zutaten
125 g weiche Butter
65 g Zucker
1 Päckchen Vanillezucker
1 Ei (Größe M)
250 g Mehl
etwas Backpulver
1 Prise Salz

Zubereitung
Butter, Zucker, Vanillezucker und Ei in einer Schüssel mit dem Rührbesen cremig aufschlagen. Mehl, Backpulver und Salz mischen und dann portionsweise unterkneten, bis ein glatter Teig entstanden ist. Die Teigkugel für mindestens 30 Minuten kaltstellen.
Den Backofen auf 180°C vorheizen (Umluft 160°C). Anschließend den festen Teig auf einer bemehlten Arbeitsfläche dünn ausrollen und mit Ausstechformen ausstechen. Die Plätzchen auf ein mit Backpapier belegtes Blech legen und im vorgeheizten Ofen ca. 10 Minuten backen, bis sie an den Rändern fest sind.
Die Plätzchen vom Blech nehmen, auf einem Kuchengitter abkühlen lassen und dann nach Belieben dekorieren.

Guten Appetit!

Printed in Poland
by Amazon Fulfillment
Poland Sp. z o.o., Wrocław

34295712R00113